抒情詩と叙事詩

幕末から現代まで

広岡守穂

抒情詩と叙事詩

幕末から現代まで

はじめに

詩とは何か。詩は人の心を揺さぶる言語の組織である。詩は実に多様で、一行か二行の超短詩もあれば、一冊の本になる長編詩もある。政治的な主張を訴える詩もあれば、相聞《そうもん》の詩もあるし、生活の断片を切り取ったささやかな日常詠もある。実体験も空想もある。なんでもありである。詩という形式にこだわらずに、詩的なものの範囲をもっと広げれば、広告コピーも、演劇のせりふの一部も、ツイッターやフェイスブックの文章も入るだろう。「Yes We can」といった政治家の名文句もふくまれよう。現代は詩的なものの力がかつてなく大きくなった時代なのである。他方で、詩はわからないといって敬遠する人がずいぶん多いし、詩人が注目される度合いはかつてなく小さくなっている。

わたしは詩を広い視野からとらえなければならないと思っている。従来の詩論は詩のとらえ方が狭すぎるし、そもそも論じ方が間違っているのではないかと考えている。以下にわたしの視点を列記してみよう。

第一、詩人には多様な役割がある。ときにはオピニオンリーダーであったり、社会運動家であったり、ネットワーカーであったりする。詩人の価値は詩によってだけ定まるものではない。同様に詩もまたさまざまな機能をはたす。

第二、日本では抒情詩と叙事詩がまったく別々の発展過程をたどった。そして叙事詩はほとんど存在しないか、または叙事詩の文学的価値は不当に低くみられるかしてきた。つまり抒情詩中心史観ともいうべきとらえ方が支配的だった。しかしそんなことはない。浄瑠璃は叙事詩であるし、浪花節も叙事詩である。一九二〇年代には民衆詩派の詩人たちが長編叙事詩を書き、その中のいくつかは映画化もされたのである。関連してこれまでほとんど叙事詩は論じられてこなかった。浄瑠璃について興味深い研究が蓄積されてきたばかりである。浪花節や民衆詩派は新しい視点からの評価が待たれている。

第三、詩と歌詞を区別する必要はない。一九六〇年代後半のプロテストフォーク以来、歌詞は詩以上に強い訴求力を持つようになった。

第四、詩は通常考えられているより政治と深い関係がある。幕末維新期、自由民権運動、大正時代の無産運動期、そして戦後一九四五年から六〇年までの四つの時期は、それぞれ近代詩の発展にとって重要な転換期であった。

不特定多数の人をねらって詩が書かれたのは自由民権運動がはじめてだったといっても過言では

ない。幕末の志士たちは大勢の人に訴えるために詩をつくったわけではなかった。それは自分を奮い立たせるものであり、同志にしめすものだった。漢籍が読め、天下国家の大事に心を砕く、一握りの階層のものだった。これにたいして自由民権運動の詩は不特定多数の人びとに呼びかけるためにつくられた。自由民権運動の数え歌は、文字を読むことが不得手な人たちにも、耳で聞いてもらおうとするものだった。

第五、一九二〇年代には口語自由詩が主流になり、詩はにわかに多様な展開を見せるようになる。詩人たちは人びとに新鮮な衝撃をあたえ、なにより近代的な自意識とは何かということを身をもって示した。詩人ということばは、強い自意識をもつ人を呼ぶのに最もふさわしいことばになる。詩が多様な展開をみせたことは、この時期に詩が文化の最先端に立っていたことを意味している。なにしろ賀川豊彦のような社会運動家にして宗教家までがさかんに詩作したのである。また民衆詩派の長編叙事詩は映画化された。詩が映画化されたことがいかに重要な意味を持つかを、わたしたちは軽視してはならない。

それればかりではない。わたしたちは詩の外部にも目を転じておかなければならない。童謡が生まれた。童謡をつくることの背景には子どもは大人になったら失ってしまう固有の感受性を持っているという考えが存在していた。それは子どもの発見ともいうべきできごとだった。これまでにないまったく新しい思想だった。

おなじような発見が勤労と民衆の上にもあった。柳宗悦《むねよし》はそれまでだれも鑑賞の対象としてみなかった日常の雑器に美をみいだし、やがてそれを「用の美」ということばによって理論化した。そして民芸運動を始めた。「用の美」は「利」の追求に対置されたことばであるが、それはお互いにささえあって生きている民衆の生き方に新しい光をあてることになる。民衆詩はそういう運動と切り離して考えてはならない。

童謡と民衆詩は、詩を外の世界につなげる回路をつくった。わたしはこのことの意味をもっと高く評価しなければならないと考えている。

第六、従来の詩論は詩の分析から出発して作家論に達するという視点から書かれることが多かった。しかしそれでは詩の本当の面白さはとらえられない。島崎藤村や萩原朔太郎のような詩人の自意識は詩の外部からとらえるほうが、よくみえるのである。そもそも詩人のパーソナリティはいったん詩から切り離しておかなければならない。彼は内村鑑三や賀川豊彦のように詩人である前に宗教家であるかもしれないし、言論人であるかもしれないのである。

以上の六つの観点をふまえて、幕末の漢詩と漢詩人から戦後詩と戦後詩人まで、詩とは何かを考えてみたい。十分に論じきったとはもちろん思わないが、考察のための視点は提示できたと考えている。

目次

抒情詩と叙事詩　幕末から現代まで

第一章　詩とは何か

幕末の漢詩と漢詩人から考える

1. 詩とは何か

詩は人びとの心をつかみ揺さぶり、ときに行動へとうながす。ことばは人の心を揺さぶったり人を行動に駆り立てたりする。そのかたちは、「詩」といわれるものをこえて、スローガンやキャッチフレーズや歌など、さまざまな姿をとる。詩はことばであり、ことばの本質である。

また詩と詩人の役割は実に多様である。それは社会により時代によって変幻自在に変化する。そもそも詩人それぞれによって違う。あるときは政治変革を求めて民衆の先頭でたたかい、あるときは人びとの心をなごませる。あるときは民族の共通の記憶をつくり、あるときはかけがえのない人との愛や別離の情を表現する。詩人は立場や職業というよりもひとつの職能である。

そういうわけで詩は実に多様である。多くの人があつまる場で語られることもあれば、書斎で孤独に読まれることもある。ながい時間をかけて人びとの共通の歴史的記憶を定着することもあれば、個人の感情や思想を表現することもある。詩は人の耳目がとらえた美しい情景をことばに写しとることもできれば、人の脳髄に生じた空想的な情景をえがくこともできるし、もちろん抽象的な思想や理念も表現することもできる。詩はことばの本質であるとは、そういうことである。

そういうことを考えると、日本の詩の概念は狭すぎるし偏っている。これから論じるのは一風変わった詩論になると思うが、どうかお付きあい願いたい。まず幕末の漢詩から考えをめぐらせよう。

2. 幕末の漢詩と漢詩人

詩とは何かという問いを考えるために、幕末の漢詩と漢詩人からはじめたい。

幕末は叙事詩がよく書かれよく読まれた時代だった。漢詩であるから詠史である。江戸漢詩のなかで詠史をさかんに書いたことで有名なのは頼山陽《らいさんよう》であった。そのことで山陽は日本の歴史をどうとらえるべきかということの範型を提示した。

詩のいろいろな役割のなかで、民族の歴史をわかりやすく印象深いかたちで表現することはそのもっとも重要な役割のひとつである。古代ギリシアの『イリアス』や古代インドの『マハーバーラタ』、中世ドイツの『ニーベルンゲンの歌』のような英雄叙事詩は共同体のできごとを歴史的な記憶として伝承した。いずれも口承で共有され後世に受け継がれ、民族の共同意識の奥深くに錨《いかり》をおろした。日本にも『古事記』や『平家物語』があり、これらにもそういう性格が色濃くある。ただし『古事記』や『平家物語』を詩と認める人は少ない。

日本で叙事詩が重い存在感をあらわしたのは幕末であった。江戸時代には『太平記』はじめ多くの軍記物が読まれ、歴史物語が人びとの間にひろがった。多くの人びとが源平合戦や南北朝や戦国時代のできごとを知るようになった。そしてそのことが叙事詩がつくられたり浄瑠璃《じょうるり》がつくられたりする基礎になった。ただし漢詩と浄瑠璃では非常に大きな違いがある。浄瑠璃は『国性爺合戦《こくせんやかっせん》』にせよ『菅原伝授手習鑑《すがわらでんじゅてならいかがみ》』にせよ『義経千本桜』にせよ、歴史上実在した人物がモデルにこそなっているが、ストーリーは歴史的事実無視である。それに対して漢詩は事実に忠実である。中国の伝統にもとづいて、詩は真実を語らなる。

ければならないのである。この点は欧米の詩ともちがうところである。要するに江戸時代になると、日本史の知識が町民層にも広がっていたのである。

3. 頼山陽、藤田東湖、梁川星巌

江戸時代中期以後になると、そういう知識を特定の思想や価値基準によって体系化することが重要な課題として浮かび上がってくる。『太平記』はその材料となる史実を豊かに盛り込んだ格好の素材だったので、江戸時代の前期から、太平記読みといわれる人びとが学問好きの大名や武士たちにその内容を講釈した。それが講談の源流になったといわれている。そして幕末になると、頼山陽や藤田東湖《とうこ》や梁川星巌《やながわせいがん》のような人びとがあらわれた。幕末は政治変動期であった。その政治変動期に、民族の歴史の記憶が掘り起こされ志士たちの尊王攘夷思想に添うかたちで詠史として構築されたのである。

山陽、東湖、星巌は三者三様である。京坂の文人のあいだで「文の山陽、詩の星巌」といわれたように、山陽は文の人でありいまでいう史伝の執筆を畢生《ひっせい》の仕事としたが、星巌はもっぱら詩の人だった。山陽の『日本外史』は幕末の志士たちに広く読まれた。明治になってもベストセラーであり続けた。一方星巌はネットワークの人であった。志士たちばかりでなく京都の公家ともパーソナルな交友関係があった。東湖はどうかというと、山陽と星巌は民間人だったが、東湖は水戸徳川家に仕えた藩士であり儒学者である。大義名分論と国学の思想を融合させた水戸学においてその指導者のひとりだった。幕末に志士たちに広く読まれた詩は東湖の「文天祥の正気《せいき》の歌に和す」であった。

梁川星巌が主宰するサロンには多くの志士たちが出入りし、星巌はその人柄によって多くの志士たちをつなぐ結節点になった。また御所に人脈をもち、佐久間象山や吉田松陰が朝廷に建議するときの紹介者でもあった。星巌のネットワークがどのようにしてつくられたかというと、それは詩文によってつくられた。学問をし詩文をつくる人はしばしば人びとの敬仰の的となる。それは身分や地位をこえたつながりをつくる。詩を書くということがネットワークをつくる媒体となるのである。幕末に梁川星巌がはたした役割を考えることは、詩とは何かを考えるうえで重要なヒントになるであろう。

4. 詩は人びとを行動に駆り立てる　頼山陽

さて頼山陽は史家であり儒者であり文人である。ただし藩主の禄を食む藩士ではなかった。私塾を開き授業料を生活の資にするというのでもなく、純粋に著述による収入だけで生計をたてた知識人の草分けだった。

山陽は広島で少年時代をすごしたが、二一歳のときに脱藩事件をおこして連れ戻された。父の家に四年間幽閉され、やがて廃嫡される。それから菅茶山《かんちゃざん》のもとでしばらく学び、そののちに京都に出る。三九歳のとき山陽は旅に出て、約一年かけ九州を回った。そのときに山陽は新しい詩境を開いた。覇気あふれるメリハリのある詩をつくるようになった。長崎でつくった「和蘭船行」をはじめとする古詩は、外国船が出入りする情景を活写してエキゾチックな詩情をたたえている。当時の詩壇は典雅で端然とした詩風が支配していたから、山陽の詩ははなはだ異色で新鮮だった。

『日本外史』は二〇年以上の歳月をかけて書き上げられた。山陽が生涯かけて打ち込んだ一大事業であった。完成すると松平定信に献呈され、やがて幕末の志士たちに広く読まれるようになった。「鞭声《べんせい》粛々夜河をわたる……」ではじまる「題不識庵撃機山図」は上杉謙信と武田信玄の川中島の戦いをうたった有名な七言絶句である。山陽にはこのような詠史が数多くある。詠史とは歴史的なできごとに題材をとった漢詩であるから、つまり一種の叙事詩である。『日本楽府《がふ》』は六六曲からなる楽府体の詩である。「日出るところの天子……」の故事から豊臣秀吉が明の国書を破り捨てた故事まで、歴史上のエピソードをつづり、攘夷の機運をおおいに鼓吹した。

さて京都に居をかまえた山陽のもとには京坂の文人があつまった。そのなかには梁川星巌の姿もあった。山陽は一八三二年に他界するが、やがて京都は尊王攘夷運動の拠点となるのである。

山陽の詩文は品格に欠けるといわれ、学問的にも裏づけのない記述が多いといわれた。佐藤一斎は皮肉まじりに「山陽のように無学文盲でなければ名文は書けぬ」といったという。しかし『日本外史』の散文がいきいきとした感興を呼び起こしたことは間違いない。富士川英郎がいうように、「漢文をそれまでの堅苦しい経学者の文章から解放して、それに独立した文学としての面白みを加えるとともに、それをつよく日本化し、通俗化した」(『鴟鵂庵詩話《しきゅうあんしわ》　江戸後期の詩人たち』)ことは疑いをいれない。山陽の漢詩はしばしば大げさで雑ぱくな言い回しをみせ、洗練されていないといわれるが、山陽の詠史は幕末の志士たちにしきりに愛唱され、人びとに広く知られるようになるのである。

5. 文学的洗練だけが詩の価値ではない

日本では長いあいだ、文学的洗練が詩歌の価値を決める尺度とされてきた。短詩型であればあるほど洗練された言葉遣いが重要になるから、短歌や俳句のような極端な短詩型が詩歌の伝統のもっとも重要な部分をなしてきた日本では、当然といえば当然のことであった。たとえば藤原定家の歌論はながく権威であり続けた。近代になっても佐佐木信綱や風巻景次郎から、塚本邦雄や丸谷才一まで、定家は高く評価されてきた。

加えて近代になると写実《リアリズム》が重んじられるようになる。様式化された花鳥風月からの解放がうたわれた。写実《リアリズム》は明治の文化全体にわたって非常に重要な課題であった。坪内逍遥の文学論といい、演劇改良運動といい、そして新体詩といい、それらはすべて西欧的なリアリズムをどのように摂取消化するかという問題意識の産物だった。とはいえ正岡子規の「写生」も斎藤茂吉の「実相観入」も、やはりどこまでも文学的洗練のための方法論であった。詩歌が実社会や実人生にどのように渡り合うかという問題意識をふまえたものではなかった。

定家や子規や茂吉の歌は自己変革をめざしたり人を行動に駆り立てたりする性質のもの

ではない。詩をつくる主体は揺るがないのである。安定した主体はすでに存在していて、その主体に文学的洗練を求めているのである。しかし考えてみると、詩の値打ちは文学的洗練にだけあるのではない。山陽や東湖や星巌の詩がそうであるように、詩には新しい思想を提示したり、人を行動に駆り立てたりする力がある。そういう力がどこから来るかといえば、それは詩が発信する変革に向けてのメッセージであり、メッセージを力強く伝える表現である。そしてそれは文学的洗練とは別次元のものである。わかりやすくかつ力強いものでなければならない。この要素を考慮に入れなければ、そもそも詩とは何かという問いに正しく答えることはできないのである。

わたしはいま、これまで文学的価値が正しく認められてこなかったものの系譜を思い浮かべながらこの文を書いている。それは何かといえば、『新体詩抄』であり、自由民権運動が世の中に送り出した多数の詩や詞であり、さらには井上哲次郎の漢詩「孝女白菊詩」とそれを新体詩形につくりなおした落合直文の「孝女白菊の歌」であり、大正後期に一時的に詩壇を席巻した民衆詩派であり、そしてさらにいままで詩的価値を認められたことのない浪花節の数々である。さかのぼれば浄瑠璃にたどりつくし、そしてさらには建武の新政を痛烈に風刺した「二条河原の落書」などまでもふくめて考えてみたいのである。そのことを考えようとするときの手がかりに頼山陽という存在はうってつけである。

6. 詩は思想の結晶　藤田東湖

だがあまり先を急がないでおこう。

藤田東湖は水戸学を代表する儒者であった。水戸学とは、ひとことでいえば儒学の大義名分論と国学を融合させた思想で、尊王攘夷の思想である。水戸学そのものには倒幕の思想はなかったが、幕末の志士たちには水戸学に心酔する者が多く、東湖は水戸学者のなかでももっとも諸藩の志士たちに敬慕された。藩主であった徳川斉昭《なりあき》のあつい信頼をうけたが、一八四四年、斉昭の失脚とともに幽閉蟄居《ちっきょ》を申しつけられた。東湖の幽閉蟄居は八年に及ぶが、東湖はその間に『常陸帯』『弘道館記述義』『回天詩史』などの著作をものした。『弘道館記述義』に使われた「尊王攘夷」のことばは、やがて志士たちの合い言葉になる。『回天詩史』は詩文による自伝ともいうべき性格の書である。これらの著作は尊王攘夷をめざす志士たちがむさぼり読むところとなったが、それとともに、あるいはそれ以上に、東湖が書いた五言古詩「文天祥の正気の歌に和す」は幕末の志士たちにひろく愛唱された。

叙事詩は歴史観をなまなましくつたえる。頼山陽の『日本楽府』の冒頭は「嬴《えい》は顚《たお》れ劉《りゅう》は蹶《つまず》き、日を趁《お》うて没す。東海の一輪、旧に依つて出づ」と天皇家が連綿と続いていることを中国の王朝交代と対比して宣揚している。嬴は秦王朝の姓であり、劉は漢王朝の姓である。もちろん東湖も「文天祥の正気の歌に和す」で「神州孰《たれ》か君臨する／万古天皇を仰ぐ」とおなじことを強調している。尊王思想が詩によって鼓吹されているわけである。歴史観は体系的な思想であるから、『弘道館記述義』のような著述でなければ十分に展開することはできない。詩のような形式でしっかりした骨格の論理を表現することができるわけではないからである。ただし詩は体系だった思想の神髄を凝縮したかたちで表現することができる。そのことで人の心をつかみ行動に駆り立てるのである。東湖は詩人というより学者であり思想家であったが、その思想に裏づけられた詩は、尊王攘夷をかかげる志士たちを糾合する力を持ったのである。

7．ネットワークのかなめ　梁川星巌

梁川星巌はまさしく詩人らしい詩人であった。旅の詩人であり、結婚して三年後の文政五年に夫婦つれだって三年八か月に及ぶ西遊の旅に出た。その成果が『西征集』である。

これによって星巌の文名はおおいにあがった。星巌はいまの岐阜県の生まれであり、晩年は京都に住んだ。西の人である。しかし東の江戸にも長く住んでいた。江戸の住み処は神田お玉が池にあり多くの文人が出入りした。星巌はそこを玉池吟社と名づけた。こうして日本の各地を渡り歩いた星巌は、上方の文人と江戸の文人をつなぐ役割をはたした。

もともと星巌は旅情をうたい、花鳥風月を愛で、身辺のできごとをうたう抒情詩人だった。だから前期の星巌に時勢を憂慮する政治的な詩はひとつもない。しかし、やがて星巌は頼山陽と交遊し、また藤田東湖らの水戸学に接した。さらにアヘン戦争（一八四〇～一八四二）のことを知ると時勢を慷慨《こうがい》するようになる。

星巌はアヘン戦争の知らせに接してからしきりに危機意識を訴えるようになる。「皇朝有制厳而密／不許諸商通外夷／縦使万来皆可絶／不惟墨利鄂羅斯」（皇朝制有り　厳にして密／許さず　諸商の外夷に通ずるを／縦使《たとひ》万来するも皆絶つべし／惟《ただ》に墨利鄂羅斯《アメリカオロス》のみにあらず）。公刊されなかったものも多いが、このような趣旨の詩をたくさん書いた。維新後に公刊された『籲天集《ゆてんしゅう》』には尊王攘夷の思想をうたった詩が数多く収録されている。

一八四〇年ごろ星巌は魏源《ぎげん》が著した『海国図志』を読んでいた。ちなみに『海国図志』は当時の日本人が東アジアの国際情勢を知るほとんど唯一の書物だった。星巌がしきりに危機意識をかきたてたのはたまたま星巌の家の隣に佐久間象山が住み、象山と深い交友を結んでいたからのようである。それまでの星巌は抒情詩を書いていたのであるから、一八四〇年ごろ心境に大きな変化を見たのである。

まもなく星巌は一二年間住んだ江戸を離れ、京都に住んだ。その住まいを尊王の志士たちが入れかわり立ちかわり訪れた。星巌は吉田松陰や佐久間象山に会い、ともに時世を語り慷慨した。志士たちと公家のあいだをとりもった。そのさなかに星巌は病没する。数日後、梅田雲浜《うんぴん》や頼三樹三郎《みきさぶろう》などが捕縛された。安政の大獄である。もし生きていたら星巌は真っ先にとらえられたであろう。それを人びとは「死に上手」と語り合った。「詩に上手」とかけてのことである。

くり返しになるが、星巌は詩を媒介にしたネットワークの人だった。サロンをいとなみ、そこに多くの文人や志士が出入りした。また公家たちと交遊があった。人びとは思想にうらづけられた詩を愛唱し、そのことでお互いの思想をつうじあい、行動に向けての決意をかため勇気をたくわえた。星巌のサロンはそういう人びとが出会い情報や思想を交換する場だった。

8．詩は思想の結晶であり詩人はネットワーカーである

詩とは何か。詩人とは何か。わたしはその問に答えるために、まず幕末の詩人たちをのぞいてみた。頼山陽、藤田東湖、梁川星巌はいずれも幕末維新の志士たちの動きの渦中にあって、それぞれその人でなければ成し遂げることのできない役割を果たした。

頼山陽は詩文によって日本の歴史についての知識を広めた。頼山陽の詩文は訴える力があり、大勢の読者のこころをつかんだ。どんなに長い詩でも論説にくらべれば遥かに短くて簡潔である。主張を明確なかたちで提示する。そのゆえもあって頼山陽の詩文は明治になっても広く長く読みつがれた。頼山陽は、いまでいえば流行作家のような存在でありヒット曲を多産する作詞家のような存在であった。

藤田東湖は儒学者であった。尊王攘夷の思想を水戸学のかたちで体系化した。志士たちは尊王攘夷思想を学ぶために東湖の著作を争って読んだ。東湖の詩はそれゆえに愛唱されたのであって、詩が単独で好まれたのではない。東湖が水戸学の権威であったから、その詩が読まれたのであって、よく読まれた詩の作者が水戸学の権威であったわけではない。

詩はしばしばそのような性格のものである。すべての詩がというわけではもちろんない

が、ある種の詩は傑出した人物や類い稀《まれ》なできごとを象徴する記念碑として長く人びとの記憶にとどめられるのである。

梁川星巌は吟遊詩人であった。日本各地を遊歴し訪れた場所ごとにネットワークをつくった。そのネットワークは詩によってつくられた。詩は俳句や短歌とおなじように同好者のサークルで楽しまれることが多い。漢詩は主に武士階級のものであり漢詩が表現するのはつくりごとではなく真実であったから、漢詩は政治的な主張やこころざしを通じ合い確かめ合うためのコミュニケーション手段だった。詩は人と人をつなぐ橋であり、詩人はネットワーカーである。

9. 浄瑠璃、歌舞伎狂言、浪花節も詩である

わたしは詩とは何かを考えるために、三人の幕末の詩人を選んで論じてきたが、お気づきと思うけれども、詩の実物をとりあげて詳細に鑑賞するなどといったことはほとんどしなかった。詩史や詩論は、詩人の実作を取り上げてその文学的価値を論じるのが常であるから、いかにもおかしな論じ方だと思われるだろう。しかしわたしは新体詩と口語自由詩

の違いだの、抒情詩と叙事詩の比較対照だの、象徴主義だのシュルレアリスムだの政治詩だのといった文学的手法ばかりを論じていては、とても詩の本質に迫ることはできないと考えているのである。

詩を論じるためには、浄瑠璃の詞章も歌舞伎狂言も浪花節も対象にしなければならないし、時代が戦後まで降りてきたら流行歌の歌詞も広告コピーも視野に入れなければならない。二一世紀の詩的状況を考察するならインスタグラムやツイッターも加えなければなるまい。和合亮一は東日本大震災の直後からツイッターで「詩の礫」を発信し続けたのである。このように詩の概念を思い切り広げなければ、詩が人の心をうごかし時代を色づけるところを把握することはできない。幕末維新期でいえば尊王攘夷思想の求心力と伝播力は詩によって増幅された。それこそが詩のもっとも本質的な作用なのである。

もちろんわたしは尊王攘夷思想を信奉するものではない。尊王攘夷は欠点だらけの思想である。だから明治維新以後、たちまち攘夷は放棄される。そもそも尊王攘夷はぎりぎりの土壇場まで倒幕思想ではなかった。薩長同盟が成立し尊王攘夷派が倒幕に踏み切るのは大政奉還に先立つこと、わずか一年半ほど前のことなのである。

詩が表現する思想は極端で憎悪に満ちていることがしばしばある。危険この上ないのである。このことも決して忘れてはならない。たとえば杉本五郎の『大義』は一九三八年に刊行され、大ベストセラーになった。散文で書かれているが詩的な響きが非常に強い本であり、文体は思想詩と呼びたいほどである。杉本は前年日中戦争がはじまると、陸軍少佐として出征し戦死した。そうしたこともあって超国家主義の思想で書かれた『大義』は家族に書き送った遺書のかたちをとっている。ベストセラーになる要素がそろっていたわけである。

くり返す。詩がどういう役割をはたすか。それをおさえておかないと詩の本質を論じたことにはならない。まずはこのことを強調しておきたい。

10. 文学的技巧を重んじた江戸漢詩

漢詩についてもう少し付け加えておきたい。

わたしは4節で頼山陽の詩文の特徴に触れておいた。山陽の詩は誇張が多く、和臭がする。つまり品格がなく、本場の中国の漢詩にくらべて破格だと批判された。文学的価値において劣るというわけである。だが、はたしてそれは正当な評価であるか、という疑問を呈しておいた。

韓国は詩がさかんな国であるが、韓国の近代詩にはお世辞にも品格があるとはいえない詩がけっこうある。金芝河《キムジハ》の「五賊」などその最たるものである。「五賊」は非常に長い詩であり、罵詈《ばり》雑言がどんどん飛び出してくる。「ジェボル」「グッフェイウォン」「コグブコンムウォン」「ジャンソン」「ジャンチャクワン」という五人の盗賊が登場して悪逆非道のかぎりをつくすという内容である。「ジェボル」は「財閥」と「グッフェイウォン」は「国会議員」と「コグブコンムウォン」は「高級公務員」と「ジャンソン」は「将星」と「ジャンチャクワン」は「長・次官」と、それぞれ同音異義につくられた造語で、「五賊」は朴正熙《パクチョンヒ》政権を痛烈に批判した詩である。そのために金芝河は逮捕され、「五賊」を掲載した『思想界』は廃刊に追い込まれた。

「五賊」にくらべれば山陽の詩などずっと上品で文学的である。「五賊」の言い回しはまるで啖呵《たんか》を切っているようである。日本でそれに近いものを探せば、「二条河原の落書」か浪花節であろう。だが「五賊」の文学的価値は非常に高い。それは人びとのかぎりない共感と支持を獲得したからである。独裁政権を批判するときに、しめやかな雅びたことばは似合わない。三好達治のような調子で独裁政権を批判したところで、民衆の積極的な支持がえられるとは思えない。

実をいうと江戸漢詩は天下国家を詠じた立派なものばかりではない。もともと漢詩は自然や旅情をうたうことが多かったが、江戸後期になると自然や旅情ばかりでなく、都市生活や家庭生活の断片を切り取ったり、友人にしゃれた冗談を送ったり、そういう詩が非常に多くなった。江戸の詩人たちはユーモアのセンスが豊かだったのである。さらには「竹《ちく》枝《し》」といって男女の色事や風俗をえがく詩までさかんに書かれるようになった。そして明治になると新聞雑誌に文明開化の世情や官僚の行動をおもしろおかしく描写する漢詩がさかんに掲載され、その傾向はもっと広がっていくのだが、要するに漢詩にはエンターテインメントの性格さえあったのである。

ともあれこうなると修辞が重要になる。友人への冗談でも、遊里での情事でも、きのきいた表現、洒脱な表現、洗練された表現が重んじられるようになる。実際、漢詩人たちは文学的技巧の巧拙にたいへんうるさかったのである。

11．政治の季節が詩を呼び出す

幕末は詩が大きな舞台で乱れ咲いた時代だった。詩は行動する者たちによって書かれ、心をつたえあい思想を共有する媒体として作用した。政治が詩を必要とし、政治が詩を呼び出したのである。

志士たちはほとんど例外なく詩を書いた。高杉晋作然り、桂小五郎然り、西郷隆盛然り、橋本左内然りである。雲井龍雄のような人物もあらわれた。雲井龍雄は米沢藩士で、幕末の激動期に米沢藩の去就に関して行動した。一貫して倒幕路線をつらぬいた長州には好意を抱いたが、薩摩の動勢に不純なものを感じとり、あからさまな反薩の立場をとった。それが当局の忌憚に触れ、一八七〇年、雲井龍雄は反政府の陰謀をくわだてたとの廉《かど》で斬首された。雲井の詩は、死後、三宅雪嶺や徳冨蘆花によって高く評価され、そのことで雲井は漢詩人として知られるようになる。

横井小楠などは君主を世襲するのは理にかなわないと主張した理屈っぽい五言古詩を書いている。「自非天徳人／何以悪天命」（天徳の人にあらざるよりは、何を以てか天命に悪《かな》わん）。幕末にさかのぼらなくても、そもそも儒学者は詩を書いた。新井白石、室鳩巣《むろきゅうそう》、柴野栗山《りつざん》、古賀精里《せいり》などなど多くの儒学者が立派な漢詩を書いている。儒者の詩が仁や義をうたう思想詩ばかりだったわけではもちろんないが、漢詩は思想を表現する道具としても、使われたわけである。

だが志士や儒学者の詩はいわば仲間内の詩である。小さな知的共同体の中でつくられ、知識層のあいだで読まれた詩である。そういう観点からいうと、長期にわたり非常に多くの読者をもったという意味で頼山陽はとびぬけた存在だった。

政治が詩を呼び出す時代は珍しい。長くつづくものでもない。たいていの場合は大きな政治変動期である。幕末の四半世紀のほかに政治が詩の力を呼び起こした時期は、自由民権運動の一五年ほどと、デモクラシーの機運が広がった一九一〇年代後半からの一〇年間ほどと、戦後一五年間ほどの戦後民主主義の時期である。

政治の季節が去ると詩はたちまち変容する。韓国の有名な詩人である申庚林《シンギョンリム》は一九九〇年代以後の韓国詩が軽いことば遊びに偏してしまったと嘆いているが、たしかに申庚林がいうとおり民主化以後の韓国の詩は統一や平和という大状況をとりあげる詩の数も重みもずいぶん減じてしまった。もちろん朴槿恵《パククネ》大統領を罷免に追い込んだキャンドルデモには大勢の詩人が参加して存在感を示した。日本の詩人とはかなり社会的役割がちがうのである。とはいえ、いまはハ・サンウクのような詩人が人気である。ハ・サンウクは諧謔のきいた、にっこり笑わされる軽い詩を書く詩人である。

明治の漢詩も例外ではなかった。明治になると漢詩は非常にさかんになった。しかし詩の内容はたちまち変容していった。明治初中期の新聞のおおくは新政府批判の立場にたつ政論新聞であり、新聞には世相を風刺した狂詩が数多く掲載された。政府高官が馬車を駆って狭斜《きょうしゃ》のちまたに出入りする様子をからかう風刺詩もあれば、鉄道がはじめて通って人びとが驚く様子を描写する記録文学的な詩もあった。もちろん文学的洗練を求める人たちも多かったし、それが漢詩壇の中心だったことは疑いない。ともあれ欧化の流れの中で漢詩は世紀の変わり目ごろからじょじょに影が薄くなっていった。

詩は時代の状況と深くからみあっている。そして状況に深くからんでいる人の発したことばがしばしば詩になる。その人が詩人であるかどうかは無関係である。ときに強烈な衝撃をあたえる詩を生み出すのである。

第二章　新体詩の挫折と成功

1. 七五調について

書を読む明治の人びとにとって、七五調はリズミカルでわかりやすい文体だった。おそらく人びとは声を出して読むか、または声に出さなくても頭の中で音読するようにして、リズムをとりながら読んだのであろう。その証拠に福沢諭吉の『世界国尽』はだれにでもわかるように全文七五調で書かれている。これに対して寺門静軒の有名な『江戸繁昌記』は江戸の繁栄ぶりをユーモアをまじえてえがきベストセラーになったが、これは漢文で書かれた戯文である。読み下しても七五調にはならない。そもそもいくらおもしろくても漢文を解さなければ読めなかった。

漢詩は五言絶句とか七言律詩とかいうように、五脚ないし七脚になっている。漢字はひとつの文字が一音節であるから、一行五文字なら五脚なのである。フランスの定型詩は八音や一二音の脚である。強弱強弱とくり返すから偶数脚になる。和歌の脚数は五七五七七である。漢詩は読み下すと脚数を保持できなくなる。

詩ばかりでなく、文章でも、七五七五と続くリズムがあるほうが読みやすかったしわかりやすかった。だから明治初期の小説は七五調のリズムを要所に織り交ぜて書かれていることが多い。一八八一年に自由党の機関紙『自由新聞』に連載された『西洋血潮小暴風《にしのうみちしおのさあらし》』から第二章冒頭の一節を引いてそのことを確認しておこう。

良久て那旅人ハ。何思ひけん尺巾もて。汗を拭き塵うち払ひ。手袋ともに衣襞に納め。穿袴鉤を〆改しなど。身装ふたる満面に。溢る、勇気ハ凜乎として。四辺を動ふ威ハ有ど。たけにハあらぬ松柏の。

右の文をひらがなになおすと、「ややあってかのたびとは。なにおもいけんてぬぐいもて。あせをふきちりうちはらい。てぶくろともにかくしにおさめ。ずぼんつりをしめなおしなど。みつくろうたるまんめんに。あふるるゆうきはりんことして。あたりをはらういはあれど。たけにはあらぬしょうはくの。」となる。七五を基本とするふたつの句を組み合わせて、その区切りごとに句点をうっている。こういう文章が読みやすかったのである。

2. 新体詩の誕生

日本の近代詩は新体詩からはじまる。新体詩は『新体詩抄』からはじまる。そして新体詩の詩形は七五調である。

『新体詩抄』があらわれたのは一八八二年のことであった。著者は外山正一、矢田部良吉、井上哲次郎という三人の若い洋学者であった。外山と矢田部は新帰朝だったし、井上もまもなくしてドイツ遊学の旅にのぼった。『新体詩抄』には訳詩一四編、創作詩五編がおさめられている。詩形は七五調である。江戸時代から七五調の文章は山ほどあったが、行分けをしスタンザをこしらえていたところが目新しかった。

だがなにより新しかったのは、わかりやすさと内容である。三人の著者は新しい詩のありかたを示そうとした。彼らが提案したのは、わかりやすいことと、人生や世界観など抽象的な内容をも表現することだった。西洋の詩をモデルにして、新時代の要請に応えることのできる詩をつくりださなければならないと考えたのである。

いくつかお目にかけよう。

外山正一が書いた「ロングフェルロー氏人生の詩」は人生観を論じたもので、次のような書き出しではじまる。

そも霊魂の眠るのハ　死ぬといふへきものぞかし
人の一生夢なりと　あハれなふしでうたふなよ
眠らにや夢ハ見ぬものぞ　此世の事は何事も
夢とおもへどさにあらず

こんなふうに調子をつけて語られると、とても深遠な哲理を聞かされる気分にはなれないが、実際のところ、表現はすこぶる世俗的である。世の中のために一日一日をおろそかにせず社会のためにつとめなければならないと述べ、英雄豪傑の名は後世に長く残る。そしてそういう生き方をめざせ、そのために刻苦精励せよとくり返して終わる。立身出世主義の権化のような詩である。

されバ人々怠たるな　暫時も猶予するなかれ
運命如何につたなきも　心を落すことなかれ
たゆまず止まず自若とし　功名手柄なしつゝも
勤め働くことをせよ

社会学を学んで社会を良くしよう、などと呼びかけるおもしろい詩もある。「社会学の原理に題す」という詩で、これも外山正一の作である。こちらは自然科学の発展を縷々《るる》述べ、次に社会科学の発展を論じ、最後に、であるから手遅れにならないうちに社会学を学んで社会を良くしようと訴える。

後悔先きに立ぬなり　颶風烈しく吹く時ハ
其吹く中へ過ちて　船を入れぬが楫取の
上手とこそハ云ふべけれ　政府の楫を取る者や
輿論を誘ふ人たちハ　社会学をバ勉強し
能く慎みて軽卒に　働かぬやう願ハしや

「後悔先に立ぬなり、云々……」というのだから、まるでイケイケ・タイプの教師が生徒に説教するような口調である。

もうひとつ、やはり外山正一の「抜刀隊の歌」は西南戦争でのたたかいを詠ったもので、これはまもなく軍歌に採用されながく歌われた。出だしは次のようである。

我ハ官軍我敵ハ　天地容れざる朝敵ぞ
敵の大将たる者ハ　古今無双の英雄で
之に従ふ兵《つはもの》ハ　共に慓悍決死の士

くれぐれもこういう詩ばかりと思わないようにしていただきたいが、三人の若い学者の思いがストレートに伝わってくるではないか。まずはわかりやすいこと。そして花鳥風月だの愛情だの別離だのといったテーマではなく、世界観を示したり勤勉を勧奨したり、能動的に生きることに真っ向から取り組もうとすること。詩はそういうテーマに取り組むべきだというわけである。

3. 自由民権運動の時代に新体詩が登場した

さてここで『新体詩抄』が出た一八八二年はどういう時代だったかをみておこう。自由民権運動の声に押されて政府が一〇年以内に憲法を発布すると言明したのがその前年の一八八一年だった。さかのぼって民撰議院設立の建白書が左院に提出されて運動が始まったのが一八七四年だった。自由民権運動は一八七七年の西南戦争で一時沈滞したが、福沢諭吉が「国会論」を発表すると息を吹き返し、国会開設をかかげて運動の波は大きく高まった。

自由民権運動は政治運動であったが、ただの政治運動ではなかった。同時に非常に波及効果の大きい文化運動でもあった。新聞が発行され、演説会が開かれ、小説が書かれ、浄瑠璃が書かれ、演劇がつくられ、詩や数え歌が書かれ、さらには運動会までがおこなわれたのである。

自由民権運動の裾野は広い。自由民権運動の芝居が近代演劇の原点になった。オッペケペ節で有名な川上音二郎は慶應義塾の学僕になって慶應義塾に学び、やがて自由党の壮士になる。川上がはじめた壮士芝居はやがて新派劇へ発展していく。政治活動に挫折した宮崎滔天《とうてん》は浪花節語りになった。滔天は自由民権運動から孫文の中国革命の支援にのりだし、それに挫折すると一転して浪曲に転じた。滔天の自伝『三十三年の夢』は血湧き肉躍るおもしろさであるが、滔天は浪花節を読むとき、いつもはじめに「落花の夢」と題する七五調の詩を朗唱した。その一節は下記の通り。

四民平等無我自由
万国共和の極楽を
斯世に作り建てなんと
心を砕きし甲斐もなく
計画破れて一場の
夢の名残の浪花武士
刀は棄てゝ張り扇

自由民権から新聞、演説会、政治小説、壮士芝居、新派劇、そして浪花節。政治運動がスケールの大きな文化変容の波をおこす様子がうかがわれるだろう。

一方政府のうごきに目を転じると、一八八三年に鹿鳴館が落成した。政府は条約改正交渉をめざして欧化主義の路線を突き進んでいた。八七年に欧化主義の立役者であった井上馨外務卿が辞任するまでの時期を鹿鳴館時代という。のちに述べる演劇改良運動などはこの時代の一八八六年に官僚の肝いりで始まった。新体詩はこういう風潮の中で提唱されたのである。もちろん新体詩も上に述べた現象と同じ方向を向いていた。

くり返しておくが、明治の文化変容を自由民権運動ぬきに語ることはできない。自由民権運動は政治運動であったから、当然、それまでとは桁違いの数の非常に多くの人びとに働きかけ、人びとの関心を政治に向けさせ、その支持を調達しようとつとめた。そのために演説や請願や運動会のようなまったく新しい手段も導入された。それは政論を訴えるだけではなく、感情に訴えたり親密な関係をつくったりする文化的な手法でもあった。たとえば小説は政治の理想を具体的に描いてみせ、演説や数え歌はひとつの理想をみんなで共有する場をつくってみせたのである。

こういうことを考えると、自由民権運動は国民をつくりだしたのだといっていいだろう。これまでの漢詩文のように一握りの人しか理解できないようなものではなく、大多数の人が理解できる方法や形式を活用するということは、とりもなおさず、すべての人びとが参加することのできる国民文化をつくりだすことだった。これに対比していえば、政府は学校教育の普及などをつうじて臣民をつくろうとしていたわけである。

新時代に思想的な詩のみるべきものは、漢詩体ではなく新体詩体で書かれた。七五調の文体が選ばれたのである。たとえば賛美歌は新体詩体で訳された。天賦民権思想を鼓吹する詩も新体詩体で書かれた。詩は花鳥風月をうたうのではなく、詩が表現するものは新社会建設の思想や世界観に及んだ。

明治の新知識人が新しい詩形を求めたのは、文人がつくってきた漢詩の世界を成り立たしめている「仁」だの「義」だのといった価値観が、西洋の思想を表現するのに適していないという自覚があったからである。たとえば、もともと漢詩は恋愛をほとんど取りあげないが、「愛」は西洋思想のかなめをなす重要な概念のひとつである。日本の漢詩にも男女の愛をうたう竹枝の類いがあるが、その多くは狭斜のちまたをえがくものでどこを探しても神聖さは見当たらない。これに対して「愛」は男女や親子の情愛を意味するばかりでなく、神の愛までも意味することばである。このような東西文明の差違の感覚が、一方では既知の漢語から新しいことばをつくりだす努力となり、一方では新しい詩形をつくろうとする営為になったのである。

4.『於母影』新体詩の方向転換

しかし『新体詩抄』がめざした方向はやがてねじ曲げられてしまう。方向を曲げたのは森鷗外を中心とする人びとだった。森鷗外らの訳詩集『於母影』が『国民之友』の綴じ込み附録として発表されたのは一八八九年のことであった。『於母影』の詩は典雅なことばでつくられている。そしてその美的感覚は明確に漢詩の美意識を継承していた。こころみに『於母影』の巻頭に置かれているバイロンの詩「いねよかし」をみると、自然風景の描写ではじまる。

けさたちいでし故里は
青海原にかくれけり
夜嵐ふきて艫きしれば
おどろきてたつ村千どり

（後略）

「いねよかし」を李白や杜甫の詩と対照してみると、いかにその世界が似ているか歴然とするだろう。杜甫の「旅夜、懐いを書す」とくらべてみよう。

細草微風岸
危檣独夜舟
星垂平野闊
月湧大江流
名豈文章著
官応老病休
飄飄何所似
天地一沙鷗

細草　微風の岸
危檣《きしょう》　独夜の舟
星は平野に垂れて闊《ひろ》く
月は大江《たいこう》に湧きて流る
名は豈《あ》に文章もて著われんや
官は応《まさ》に老病もて休《や》むべし
飄飄として何の似たる所ぞ
天地の一沙鷗

目の前に風景が展開している。その風景のなかに作者自身がなんらかの感懐をもって存在している。別離、不安、希望、勇気などなど、その感懐はさまざまだ。詩はまず風景を描写する。そして作者がどんな感懐を抱いているかが、詩の展開にそってあきらかにされていく。風景のなかに存在する作者が、自己の感懐を投影して風景をみているわけである。以上のような展開が漢詩によくみられる詩法である。

実は『於母影』に収録された訳詩は多くが類似の構造をもっている。漢詩では作者の感懐の真実性は疑いをいれないが、西洋の詩では作者は背景に退いている。だからフィクションであるかもしれない。そこがちがうが、読者は漢詩を読むときと同じように、叙述される風景の展開のなかに、なんらかの感懐を読み込むのである。『於母影』は西洋詩の翻訳であるが、一見西洋詩の理念を導入したかにみえて、その実、鷗外は、伝統的な詩的感受性の継承を確認していたのである。

これに対して『新体詩抄』の著者たちは、詩に盛り込む内容を大胆に変革しようとしていた。2節で紹介した三編の詩はいずれも、その変革のめざすものがどういうものであったかが、実に露骨にあらわれた詩である。あまりにも露骨すぎて、興ざめするくらいである。後年日夏耿之介《こうのすけ》が『新体詩抄』の詩は駄作ばかりだとこきおろして、詩を好む人たちのなかでは日夏の意見を支持する人が多いだろうが、先入主を離れて眺めれば、日夏が書いた難解な象徴詩よりずっとわかりやすいし、よほど人の心をゆさぶるという見方も成り立つ。とにかく日夏は、新体詩の著者たちが詩の内容を変革しようとしていたことに、目をむけようともしていないのである。

なぜ日夏のような意見が主流になったかと言えば、くり返しになるが、わたしは森鷗外の影響が圧倒的だったからだと思う。鷗外の『於母影』が新体詩を確立したとの定評があるのはまさしくその通りであるが、『於母影』に収録された詩編の本当の特徴は、漢詩の美意識をしっかり継承していることなのである。『於母影』の世界は漢詩とおなじように、最初から最後まで風景と人事を組み合わせた抒情の世界である。そして芸術的洗練に過大な価値をおき内容や思想を軽視するという美意識が、その後の詩の世界には受け継がれていくことになった。日夏耿之介はそういう考えを継承したのである。

5. 藤村と晩翠　新体詩の頂点と挫折

鷗外に続いて新体詩の確立に貢献したのが島崎藤村と土井晩翠《ばんすい》であるが、ふたりはともに森鷗外と同様の美意識を信奉していた。一八九七年に出た島崎藤村の『若菜集』から「草枕」と題する詩をとりだしてみよう。読者はただちに「いねよかし」に通じるものをみいだすであろう。

夕波くらく啼く千鳥
われは千鳥にあらねども
心の羽をうちふりて

さみしきかたに飛べるかな

若き心の一筋に
なぐさめもなくなげきわび
胸の氷のむすぼれて
とけて涙となりにけり
（後略）

同じく藤村の「小諸なる古城のほとり」がつくる世界なども、まさしく漢詩の世界とえらぶところがないのである。

小諸なる古城のほとり
雲白く遊子悲しむ
緑なす繁縷《はこべ》は萌えず
若草も藉《し》くによしなし
しろがねの衾《しとね》の岡辺

日に溶けて淡雪流る

（後略）

土井晩翠も藤村や鷗外とおなじ世界をつくった。歌にもなった「荒城の月」は知らない人がいないだろうが、「荒城の月」の世界もまた「いねよかし」や「小諸なる古城のほとり」とおなじ世界である。土井晩翠の『天地有情』が出たのが一八九九年だった。『新体詩抄』が世に出てから二〇年ほどの間に、実に数多くの新体詩が発表された。その内容は多様であり、叙事詩もあれば思想詩もあった。なかには北村透谷の「楚囚《そしゅう》の詩」や「蓬莱《ほうらい》曲」のように突出した挑戦もみえ、豊かな可能性があった。新体詩はしかし島崎藤村や土井晩翠によって頂点を極めたのである。

くり返しておこう。『新体詩抄』は新しい社会建設や新しい生き方の提案を表現しようとした。それが三人の学者詩人にとって本当の意味での新体詩の意義だったはずである。ところがおなじ新体詩でありながら、藤村や晩翠の詩は生き方を変えようとする能動的な意志を励ましたりはしない。『新体詩抄』は人間の生き方に迫ろうとしたはずだったが、『於母影』はそれを伝統的な美意識の線まで押し返してしまった。その『於母影』の美意識を藤村や晩翠は受け継いだのである。

藤村は西欧のロマン派の詩人、たとえばジョン・キーツを深く理解し、そこから自力で新しい感性の表現をみいだした。『若菜集』は藤村が二五歳のときに出版されたが、そこにはいかにも青年らしい、みずみずしい心の高鳴りが表現されている。たとえば初恋は次のようにはじまる。

まだあげ初めし前髪の
林檎の下に見えしとき
前にさしたる花櫛の
花ある君と思ひけり

やさしく白き手をのべて
林檎をわれにあたへしは
薄紅の秋の実に
人こひ初めしはじめなり

わたしは若いころから、この詩に登場する「われ」は一二、三歳の少年だとばかり思っていたが、あるときよく読んでみると、案外に濃く官能の匂いを漂わせていることに気づき驚いたものだった。しかしとにかく、異性にあこがれ、異性を大切にする気持ちがことば一杯に押し出されている。女の子をかわいいと思ったり、抱きしめたいと感じたりするような、即物的な感情ではなく、いとしいと感じるその感情そのものを、生まれて初めて経験する神聖な経験として受けとめている。こういう感情体験の表現は、藤村が日本人としてはじめてなしえたのである。なお藤村がはげしい自意識の持ち主だったことは章をあらためて論じる。

6. 自分の詩的美感覚を疑う

わたしは藤村と晩翠において新体詩が頂点に達したことを認める。藤村はわかりやすく、抒情豊かで、何の抵抗もなく心が受け入れる。晩翠には端然と規矩《きく》正しい調べがあり、やはりすんなりと心が受け入れる。いちばん好きな詩人はだれかといわれたら、わたしは、まど・みちおや与謝野晶子や北原白秋や萩原朔太郎や佐藤春夫とともに、迷わず藤村と晩翠をあげるだろう。

しかしながら、わたしはそういう自分の美意識を絶対化する気には到底なれない。日本の近代詩は抒情詩にかたよっている。そうして自分もまたかたよっているのだ。美意識のかたよりは、たとえば韓国の思想詩を読むときに痛感する。また上田敏が『海潮音』で象徴派の詩を訳すときに、どんな詩をどんなふうに「超訳」したかを調べるときにも痛感するのである。

いちばん好きな詩人はだれかと問われたときに、もしもほんのわずかでも詩の概念を拡大したら、その途端に、わたしは迷わず阿久悠やサトウハチローや西條八十をつけくわえるだろう。そうしてさらに詩の概念を拡大すれば、『曽根崎心中』の道行きの場の詞章だの歌舞伎の名せりふだのをあげるだろう。そしてその次元に移ったときに、日本の抒情詩と叙事詩がいかに離ればなれになってしまったかを、わたしは痛感するのである。

わたしはこの章のタイトルを「新体詩の成功と挫折」とせず、「挫折と成功」とした。新体詩にはもっと広く大きな可能性があったのではないか、その可能性を森鷗外と鷗外に近い人たちが摘んでしまったのではないかと思い、それを惜しむ気持ちが強いからである。鷗外は立派な文学者だったが、罪深いところもあった。たとえば樋口一葉を評価したことは素晴らしかった。しかしその反面、中島湘烟《しょうえん》を事実上葬り去ってしまった。中島湘烟は新時代の女性として堂々と論を張ろうとし、論文では「吾輩」と自称した女性である。まだ文体が定まっていない時代だったし、女言葉を使うことを潔しとしなかった。ハンサムな女性だった。新体詩を抒情詩にしてしまったことと、中島湘烟を罵倒したことはメダルの裏表である。鷗外の罪深いところである。新体詩をどう評価するか、評価の尺度から再検討することが必要だと思う。

第三章　叙事詩と近代日本の政治構造

1. 詩が音楽とむすびつくとき

詩はしばしば音楽と組み合わされる。定型詩は多かれ少なかれ抑揚やリズムといった音楽的要素をもっている。定型詩でなくても詩の朗読は人の心にうったえる。そして詩がメロディーにのせて語られるときに歌になる。曲がつくと大勢の人がいっしょに聞いたり歌ったりするようになる。このあたりの事情は、すでに二〇〇〇年ほども前につくられた中国の『詩経』の「序」に書かれているからおもしろい。どのように書かれているかというと、詩は人の志の表出である。心の中にあると志だが、それがことばにあらわれると詩になる。心の中の感情がことばになり、ことばになるだけでなく歌になり、歌になるだけでなく体が動いて踊りになる（以下略）、というのである。

心の中の思いがほとばしり出てことばになり、歌になり、踊りになる。『詩経』には書かれていないが、考えてみると踊りの先にはさらに行動という段階がある。そして歌が生まれ、踊りが生まれ、行動が生まれるとき、そこにことばとして存在するものが詩だというのはよくわかる。ただし日本の詩の歴史には、ほとばしり出たことばが、歌になり行動になるという経験がほとんどない。詩は歌をともなう前の段階で、詩として完結しなければならないのだという暗黙の認識がながく維持されてきた。ことばが行動になる経験はないはずはないが、少なくとも詩の歴史にとどめられていない。土佐の自由民権運動にそういううごきが顕著だったが、それさえ数多《あまた》ある近代詩史のページに目立つ記録はないのである。

たいていの市民革命には歌がある。詩は歌をともない、人を行動に向けてうながすということを、もっとも如実に示しているのはそのことである。フランス国歌の「ラ・マルセイエーズ」は人びとをたたかいに駆り立てる歌である。出だしは「行け！ 祖国の子らよ。栄光の日は来たれり」という勇ましい歌詞ではじまる。フランス革命のときに歌われ、一七九五年に国歌として採用された。ナポレオン帝政期に公の場で歌うことを禁止されたこともあったが、第三共和制時代に再び国歌となり現在に至っている。アメリカ国歌「星条旗」は一八一二年にはじまった米英戦争のさなかに書かれた。やはりたたかいの歌である。国歌に採用されたのは一九三二年である。「ニムのための行進曲」は韓国で光州事件のときに歌われた。こちらは国歌にはなっていないが、民主派の人びとによって歌われている。勇ましいというより、たたかいと鎮魂のためのおごそかな曲である。ビートルズの「ヘイ・ジュード」は一九六八年に発表され世界的な大ヒットになった曲であるが、チェコスロバキアでは抵抗と民主の歌として歌われた。六八年、プラハの春を弾圧するためにソ連軍がチェコに侵攻した。「ヘイ・ジュード」はソ連軍の侵攻に対する抵抗の歌になったのである。

このように詩はしばしば戦争や革命や抵抗と結びついていて、仲間の団結を固くする。そのときしばしば詩は歌になる。日本にもそのような詩はあるだろうか。花田清輝は明治維新は歌のない革命だった、それは明治維新の性格をよくあらわしていると述べている。明治維新に歌がなかったわけではないだろうが、のちに国歌になったり末永く愛唱されたりした歌が存在しないことは否定できない。このことは日本の近代詩史を考えるとき、念頭に置いておくべきではないかと思われるが、ここでは指摘するだけにとどめる。本章の最後のところで、もう一度この問題に立ち戻り少しばかり考察したいと思う。

ところで詩は画像とも組み合わされる。中国には詩画一致あるいは詩書画一致の考えがあり、余白に詩文が書かれている絵が多くある。画賛の伝統は唐代におこった。王維は唐代においで詩画ともによくした人物である。詩書画は人品骨柄のすぐれた人物でなければよくしないものだという考え方があった。日本では室町時代にいわゆる詩画軸が発達した。水墨画の上部に漢詩文を書き込んだのである。「柴門新月図」は詩画軸の最古の作品といわれる。下って江戸時代になると禅画が発達した。こちらは絵に偈《げ》あるいは詩偈などといわれる短い文が添えられている。禅画の名手として白隠《はくいん》や仙厓《せんがい》が有名である。俳句を賛した絵が俳画である。俳画も江戸時代に発達した。松尾芭蕉はじめ多くの俳人が俳画を残している。渡辺崋山のように優れた画家も俳画を残している。

詩は歌謡とも絵画とも結びつくが、歌謡と結びつくか絵画と結びつくかでは大きな違いがある。ひとことで言って歌謡と結びつくときは、詩が大勢の人びとに同時的に共有されるときである。それはときに舞踊とも結びつき、居合わせた人びとはこころを通い合わせ、笑ったり泣いたりする。さらには大勢の人びとが心をひとつにし、一致団結して行動をおこすときに詩と歌謡の結合が現象としてあらわれる。これに対して絵画と結びつくときはあべこべである。それは人を個人的かつ静的な思索と観想にみちびくであろう。

2. 浄瑠璃は叙事詩である

歌謡と相性がいいのは叙事詩であり、絵画と親近性が高いのは抒情詩である。そしていかに歌謡と叙事詩の相性が良いかということをあらわしているのが、江戸時代から明治時代にかけての浄瑠璃であり、浄瑠璃と切っても切れない関係にある歌舞伎であり、大正時代から昭和戦前期にかけて大流行した浪花節である。浄瑠璃や浪花節を「詩」と呼ぶことには異論のある人が多いことと思う。だが、それこそが本書の問題提起のひとつである。浄瑠璃や浪花節を詩と認めたくないとすれば、それは日本人の詩のイメージが狭く、かつ偏っているからである。昔から日本では、叙事詩と抒情詩は異なるカテゴリーのものとして継承されてきたのである。

漢詩には古詩や詠史という分野があり、古詩は叙事詩としての性格が強い。屈原《くつげん》の『楚辞』などはその最たるものである。古詩は長編だが、詠史は物語をうたうというより歴史の決定的な場面を切り取って形象化する形式であり、叙事詩としてはやや物足りない。日本でも古詩や詠史に属する詩が江戸時代から明治にかけてさかんにつくられたのは第一章で述べたとおりである。明治の詩人では土井晩翠に諸葛孔明の事跡をうたった「星落秋風五丈原」があるが、これは日夏耿之介がいうように本質的には抒情詩というべきだろう。

一方浄瑠璃の詞章や歌舞伎狂言の台本は漢詩の古詩や詠史とはまったく別個のジャンルとされてきた。浄瑠璃や歌舞伎狂言の物語は歴史的事実とは無関係のつくりものであり、使われることばも品がなく、世情に好ましからぬ影響さえ与えるものとみられていた。漢詩は真実をうたうものであり、しかも人品骨柄の立派な士大夫《したいふ》に属するものとされていたから、浄瑠璃の詞章などは、叙事詩はおろか詩としても認められなかった。

しかし浄瑠璃は立派な劇詩である。浄瑠璃の詞章を本にした院本はそれだけで叙事詩として読むことができるものである。浄瑠璃は三味線の伴奏に合わせて太夫が語る語り物であり、浄瑠璃が成立する過程は、まさしく『詩経』が記述しているような、心中の思いがことばになり、歌になり、さらに踊りをともなうという発生の道筋を思わせるものがある。近松門左衛門の『曽根崎心中』から道行の場の一部を抜き書きしてみよう。お初と徳兵衛が天満の森にむかう道行の場は『曽根崎心中』のクライマックスである。読めばわかってもらえると思うが、浄瑠璃は立派な叙事詩なのである。

此の世の名残。夜も名残。死に行く身を譬《たと》ふれば。あだしが原の道の霜。一足づゝに消えて行く。夢の夢こそあはれなれ。あれ数ふれば暁の。七つの時が六つなりて残る一つが今生の。鐘のひゞきの聞納め。寂滅為楽とひゞくなり。

鐘ばかりかは。草も木も空もなごりと見上ぐれば。雲心なき水のおと北斗はさえて影うつる星の妹背の天の河。梅田の橋を鵲《かささぎ》の橋と契りていつまでも。我とそなたは女夫星。必ず添ふと縋り寄り。二人が中に降る涙。川の水嵩もまさるべし。……

右に引用したくだりは七五調になっている。このように浄瑠璃の詞章は七五調の地の文を主体としそれに人物のせりふが混ぜ合わされている。体言止めが多用され、主語と述語が乖離することも少なくない。ひじょうに詩的な文章である。

歌舞伎狂言も似ている。近松門左衛門は一七世紀末から一八世紀四半世紀に上方で活躍したが、河竹黙阿弥はその約半世紀後の一九世紀後半、幕末から明治にかけて江戸東京で歌舞伎の狂言作者として活躍した。黙阿弥は小悪党を主人公とする白浪物を得意とし、見せ場では役者に華麗な七五調のせりふを語らせて大向こうをうならせた。黙阿弥が書いた作品から『青砥稿花紅彩画《あおとぞうしはなのにしきえ》』、通称『白浪五人男』の稲瀬川勢揃いの場を引いておこう。その日本駄右衛門ひきいる五人の盗賊が舞台上に並んで立ち、追っ手に対して啖呵を切る。その渡りぜりふは次のようである。

その名も轟く雷鳴の

音に響きし我々は
千人あまりのその中で
極印打った頭分
太えか布袋か盗人の
腹は大きい肝っ玉
ならば手柄に
からめてみろ

黙阿弥の『島衛月白浪《しまちどりつきのしらなみ》』からもうひとつ大詰めの場を引いておこう。千両を盗んだ悪党たちが改心して盗んだ千両をしかるべき人びとに返して自首するという場面である。せりふは、明石の島蔵、松島千太、士族望月輝、人力車の野州徳の四人の渡りぜりふになっている。せりふの主はそれぞれ島、千、輝、徳となっている。

（島）……これにて員数も調度千円
（千）思い掛けなく此の金が今夜爰へ集りしは
（徳）改心なせし天の恵み

（島）難儀に迫る福島屋をかばつて今日迄所持したる日外手《いつぞや》に入る千円の証書を添え
て返せし上
（千）直に両人警察署へ罪の次第を自主なさば
（輝）官に於いても特別の必ず軽き御処刑あらん
（徳）此事柄が新聞へ出たらば賊の能教《よいおしえ》……

これは明治になってから書かれた、いわゆる散切物《ざんぎり》で、通常歌舞伎の台本は数人の作者によって書かれるのであるが、黙阿弥は立て作者としてこれを一人で書き上げ、以後引退する。一八八一年に上演された新狂言である。明治の新時代を舞台に、最後には悪者が皆改心するという物語である。黙阿弥は例外的に高い声価をえていたが、いずれにせよ、こういう文章を日本の知識人たちは一向に詩として受け入れようとはしなかったわけである。

ちなみに現代詩でも複数の人物のせりふを交えた書き方は散見する。たとえば森崎和江はそういう形式の詩をいくつも書いている。

3. 散文としての落語

さて、ここであとの議論のためにちょっとだけ言及しておきたいことがある。それは人形浄瑠璃の詞章や歌舞伎の文体は、講談や落語の文体とは大きく違うということである。江戸後期から明治にかけて、講談では二代目松林伯圓《しょうりんはくえん》があらわれ、落語では少し遅れて三遊亭圓朝《えんちょう》があらわれた。ともに非常な人気を誇ったのであったが、講談や落語の文体は流ちょうな話し言葉である。圓朝の語り口は言文一致体がはじまるときにお手本にされたといわれる。読みやすい散文である。

一八八〇年代後半から圓朝の講談速記本が非常に読まれるようになる。院本が普及しなかったのとは対照的にこちらはたいへん普及したのだった。比較のため圓朝の語り口を『鹽原多助一代記』から引いておこう。原丹治に命を狙われていた多助であったが、偶然のことから、人違いで別の人物が殺される場面である。

時は宝暦十一年八月五日、宵闇の薄暗く、木の間隠れに閃く刃を引抜きて、原丹治が待受る所へ通り掛る青馬に、大文字に鹽原と書きたる桐油を掛けて居ますゆゑ、多助に相違ないと心得、飛び出しざまブッヽりと菅笠の上から糸経《いとだて》を着て居る肩先へ斬り込れ、アットいひながら前へ俯倒《のめ》る時、手綱が切れましたゆゑ、馬は驚きパラ〳〵と花野原を駆出し逃げて往く。……

文章のリズムが七五調とは全然違うことがおわかりになるだろうし、描き方としても浄瑠璃なら、殺人の場面は丹治の形相すさまじくなどと人物の表情を中心に描写されただろう。しかし圓朝は荷駄に塩原と書いてあるとか、手綱が切れたとか、細かい描写をひとつひとつつみかさねて、たたみかけるようによどみなく語っていく。リアリズムである。こういう文体が、今日にいたる小説、つまり叙事＝物語の文体になっていくわけである。この点は第四章でもう一度触れる。

4. 浄瑠璃の傑作『国性爺合戦』

浄瑠璃の作品は時代物と世話物にわけられる。時代物というのは王朝貴族や武家社会を描いた作品で『妹背山婦女庭訓《いもせやまおんなていきん》』や『菅原伝授手習鑑』などがある。世話物というのは庶民の日常を舞台として義理人情や色恋を描いた作品で、近松の『曽根崎心中』や『冥途《めいど》の飛脚』などがその代表作である。もちろん時代物も世話物も、詞章は韻文的叙事詩的な文体によって書かれている。

『国性爺合戦』は近松門左衛門の時代物でもっとも人気のあった傑作である。明清交代の歴史に舞台をとったスケールの大きな物語で、なんと足かけ三年という記録的なロングランになった。いまでもよく上演される有名な場面が三段目の楼門の段や甘輝館の段である。『国性爺合戦』は近松門左衛門が奔放な想像力を駆使して書き上げた奇想天外な物語で、鴫《しぎ》と大ハマグリの格闘の場面や和藤内《わとうない》（のちの国性爺）が虎を屈服させる場面が有名である。鴫とハマグリの格闘は漁夫の利ということわざのもとになるお話である。取っ組み合いで膠着状態になった鴫とハマグリの両方を通りかかった漁夫が得るというわけである。『国性爺合戦』では鴫とものすごく巨大なハマグリとが登場する。両者が格闘するのをみていた主人公の和藤内はこれぞ兵法の奥義としきりに納得する。このように故事とわざやら源平合戦や南北朝などの歴史上の人物や事件やらがふんだんに飛び出してくる。観客はそれを楽しみながら知らず知らずのうちに、国民共通の教養の定着に参加しているわけである。

近松はエンターテインメントの精神にも富んでいて、大明皇帝の妹君にちんぷんかんぷんな中国語を話させたりしている。明の皇帝の妹君である栴檀《せんだん》皇女は舟にのって日本の岸辺に漂着する。その場面で皇女は浜辺で和藤内の妻である小むつを呼ぶ。そのときのせりふが「日本人日本人、なむきゃらちょんのうとらやああ」である。すると小むつはぷっと吹き出して、あれは何というお経かしらと言う。きっと観客は大いに受けたに違いない。

前にも述べたように近松の文体は七五調が基本になっている。和藤内が呉三桂将軍と甘輝将軍をひきいて、いよいよ南京城に立てこもる敵軍を攻めたてるくだりを引用してみよう。リズミカルな七五調で、源平合戦や南北朝の有名な合戦の故事をひいて語られる一節である。分かち書きのかたちに行分けしてみる。

日本流の軍《いくさ》の下知、
攻め付け挫ぐは義経流、
緩めて討つは楠流。
栗殻《くりから》落し逆落し。
八島の浦の浦波も、
爰《ここ》に寄せ手のいきほひ強く、
揉みたて揉みたて、切立てられ、

城中指してぞ引いたりける

こうして物語は和藤内の大活躍で明の復興が実現してめでたしめでたしというところで大団円を迎える。明が復興するくらいだから現実の歴史は完全無視である。なにしろ和藤内をささえて韃靼《だったん》とたたかう呉三桂将軍は、実際には清軍を長城の内側に手引きした将軍であり、明の復興どころか明を滅亡させた張本人なのである。

『国性爺合戦』の文体の特徴をみてきたが、文章を行分けするだけで浄瑠璃は詩だということがおわかりいただけると思う。そこで疑問が出てくる。なぜ新体詩の提唱者たちは浄瑠璃が眼中になかったかという疑問である。その理由は、浄瑠璃が叙事詩だったからであろう。彼らは漢詩の概念を受け継いでいたので、詩によって長い物語を表現することはさしあたっての課題ではなかった。一方浄瑠璃のほうにも理由があった。それはドラマツルギーにかかわる問題である。叙事詩には受け手のだれもが受容できるわかりやすいテーマがなければならない。その点についてはは章をあらためて論じたいと思う。

5. 自由民権運動と浄瑠璃

『国性爺合戦』にせよ『義経千本桜』や『妹背山婦女庭訓』にせよ、時代物は歴史的事実にとらわれない奔放な想像力でつくられている。『義経千本桜』には壇ノ浦の合戦で死んだはずの平家の三武将が登場し、そのうえ狐の化身まであらわれる。佐藤忠信すなわち狐忠信である。ちなみに明治時代になると、このような歴史無視の創作姿勢が前近代的後進的とみられるようになり、それは政財界や学界の有力者たちの提唱で演劇改良運動がおこった理由のひとつになった。かれらは西洋演劇にならってリアリズムを重視するべきだとし、一時期いわゆる活歴物や散切物がさかんに書かれた。

しかしこの際そういうことはどうでもよかろう。浄瑠璃は江戸時代から明治にかけて義《ぎ》太夫《だゆう》や常磐津《ときわず》や新内《しんない》といったかたちで隆盛をきわめていた。つまり日本では叙事詩は三味線の曲と結びついて、長いあいだ都市町人階級の間に非常な人気をほこっていたのである。

さらに明治維新後、一八八〇年代までには新しい可能性も開けていた。一八八四年に出された坪内逍遥の『自由太刀余波鋭鋒《じゆうのたちなごりのきれあじ》』はシェイクスピアの『ジュリアス・シーザー』の翻訳であるが、その第一幕第一場の書き出しは「まつりごと自由なれば、国民和し、国民和すれば国おさまる。一人《いちにん》国を私して、文を舞《まわ》し、権を弄する時……」となっている。逍遥は、シェイクスピアの原本は「台詞のみを用ひて綴りなしたる」もので「台帳の粗なるもの」であるから、そのまま翻訳することは適当ではないとして、浄瑠璃体で翻訳翻案することを選んだのである。そういうつもりで『自由太刀余波鋭鋒』を読んでみると、なかなかおもしろいし、そのうえ明治の浄瑠璃において、どんなことが可能性のままに終わってしまったのかがみえてくる。

ちょうどそのころ自由民権運動が盛んだった。自由民権運動は文学に新しい挑戦を持ち込んだ政治運動だったが、小室案外堂の『法灯将滅高野暁《ひはくらしたかののあかつき》』『義人伝淋漓墨坂《ぎじんでんなみだのすみさか》』や松沢鶴舟の『民権鏡加助の面影《みんけんかがみ》』など浄瑠璃体で書かれた作品がいくつかある。浄瑠璃として語られたばかりでなく舞台にもかけられ、観客の涙をさそったという。

桜田百華園の『西洋血潮小暴風』は初期の政治小説のひとつで、一八八二年に「自由新聞」に連載され、その年のうちに単行本になった。『西洋血潮小暴風』はアレキサンドル・デュマの長編小説の一部を翻訳翻案したものであるが、内容文体ともに注目すべき性格を持っている。第一に、七五調で書かれている。そして第二に、男女の恋愛が肯定され、革命を要求する正当な根拠とされていることである。このことはたいへん興味深い。主人公のギルベルトは下僕の出であるが、貴族の娘アンドレーに恋をしている。そして身分違いの恋がかなわぬのは人権が踏みにじられているからだと憤慨して、ルソーの著書を耽読するようになる。そのくだりを紹介しておこう。

彼（ギルベルト）ハ剛胆怜悧にして。望み有べき若者なれど。世話にも思案の外といふ。恋の羈絆《ほだし》ハ解兼るにや。アンドレーに想ひを懸け。情を悩まし如何にもして。華願《のぞみ》を遂んと月頃日ごろ。百様《さま〴〵》胸を痛むる者から。通例の平民すら。禽獣視して歯《よは》ひせぬ。貴族の愛娘《むすめ》と奴僕の身分。手折に難く見にさへ。自由ならぬハ弥高き。太山《とやま》の花も啻《たゞ》ならず。無念の余り人権の。平等ならぬを訝かり愁ひ。是より読書に志ざし。他日を忍ぶ蛍雪の。窓に初めて繙《ひも》ときけらし。ルーソー氏の民約編に。……

浄瑠璃の詞章が本として刊行されたものを院本というが、院本は風俗を紊乱《びんらん》するものとみられたり、低俗とみられたりした。そのうえ未婚男女の恋愛は淫蕩な堕落であり、近松の心中物に描かれたように、添い遂げようとしたらあの世で結ばれる覚悟をしなければならなかった。それほどであったから男女の愛情をもとにして政治秩序の原理を考えるなどということは慮外のことだった。『西洋血潮小暴風』のギルベルトにとって、恋愛が身分制打破をとなえる根拠になっているのは、西洋小説の翻訳であったからこそというほかないが、そうだったとしても、男女の結合を社会秩序の重要な柱として堂々と大勢の人びとに訴えたのであるから、これはまことに大胆な試みだった。

しかし考えてみれば、男女が愛情によって自由に夫婦となることは、政党や企業や学校などが自発的な結社としてつくられることとともに、市民社会のもっとも重要な基盤のひとつである。家族は社会のもっとも基礎的な単位だからである。自由民権運動ではそのことは決して優先順位の高い課題ではなかったが、政治小説の中には、小室案外堂の『自由艶舌女文章《えんぜつ》』のように、不完全ながらも自発的な男女の恋愛を肯定するものが散見する。とはいえそれは、はなはだ不完全であって、自由恋愛を肯定し真っ向から家族制度を批判するような小説はあらわれなかった。

恋愛と政治を並行的にとりあげようとするのであれば、浄瑠璃体はまさしくうってつけだっただろう。そして実際に、浄瑠璃体は西洋の新しい文化や思想を具体的に伝えるのに適した形式として、また大勢の人に直接に訴えかけ、人びとの心をつかむ手段として活用しようとする動きがあったわけである。

6. 演劇改良運動

自由民権運動の関係で浄瑠璃についてみてきたが、時間的順序からいえば明治国家の文化政策との関連を先に扱うべきだったかもしれない。明治政府は当初仏教の影響を削ぐことに力を入れていたが、一八七二年三月に教部省を設置したころから、国民の思想道徳を新しくつくりかえる方向に向かった。この年大教院が設置され、尊王愛国の思想によって国民を教化するために教導職がおかれた。そして神官・神職・僧侶など宗教家があてられたのだが、じつはそればかりでなく、講談師、落語家、戯作者や歌人俳人なども教導職に任じられたのである。彼らは「書き上げ」を政府に提出して国民教化に協力することを約束した。これは当時の講談師や落語家や戯作者に多大の混乱をもたらした。たとえば仮名垣魯文は執筆中の『西洋道中膝栗毛《ひざくりげ》』と『安愚楽鍋《あぐらなべ》』を中断して、急遽《きゅうきょ》『三則教《さんそくおしへ》の捷径《ちかみち》』を書いた。その文体は以下のような七五調である。

神国の人と生まれて神々の
お開きありし国の道
知らでくらすは人でなし
国の人たる道しるべ
教への小口手みぢかく

おかしく説きて聴かすべし
（後略）

当然ながら教導職による取り組みはうまくいくはずがなく、その拠点として設置された大教院は一八七五年には解散に追い込まれた。

その後、明治二〇年ごろに文明開化の風潮にのって演劇改良論がおこった。演劇改良論とは、演劇も西洋をお手本にして、知的でリアリズムにのっとった、上流階級の鑑賞に堪えるものでなければならないという考えによるもので、一八八六年に演劇改良会が結成された。その中心になっていたのが、井上馨のような官僚や渋沢栄一、益田孝、岩崎弥太郎などの財界人であった。そこには新体詩提唱者の一人であった外山正一も名を連ねていた。演劇改良のターゲットは歌舞伎だった。河竹黙阿弥も政府の指導にしたがって、多くの活歴物や散切物を書いている。

新体詩はめざましい成果を上げたが、それとは対照的に演劇改良運動は中途で挫折した。観客に不評だったからである。歌舞伎も浄瑠璃も作者の地位は役者よりさらに低く、人びとが一般にその台本を活字で読む習慣はなかった。作者の地位が高く院本が一般に流布していれば、新体詩のように新しい思想を盛り込んだ作品を書くことに取り組む作者も出ただろうが、歌舞伎は役者本位であったし、活歴物や散切物は不評であったから、新作に新時代の思想を盛り込むこころみはおこらなかった。

『新体詩抄』や、その四年後に出た山田美妙らの『新体詞選』には、人生観や勧学立志や社会学の原理と効用をうたった詩などが収められているが、それらはおなじ七五調でも新体詩でなく浄瑠璃体であらわすほうが、はるかに豊かに肉づけできたのではないかと思われる。『新体詞選』にはアーヴィングの『スケッチ・ブック』からリップ・ヴァン・ウィンクルの物語が長詩のかたちで訳出されていて、これは成功しているといっていいだろうが、浄瑠璃体で訳したらそれに優るとも劣らない作品ができただろう。しかし人生観や勧学立志や学問論などなどを浄瑠璃で描こうといった革新運動はおこらなかった。『新体詩抄』を書いた三人の学者たちのように、浄瑠璃の世界に新しい理念を提唱する人物は出現しなかった。そして結局、新しい叙事詩のうごきは浄瑠璃から離れたのである。

7. 叙事詩は庶民のもの、抒情詩はエリートのものという区別

なぜ浄瑠璃体は新しい叙事詩を盛り込む形式にならなかったか。いろいろな答えがあり

うるだろう。河竹黙阿弥は幕末から明治にかけて活躍した歌舞伎狂言の大作家であったが、黙阿弥ははじめのうちこそ演劇改良運動に協力して活歴物を書いたりしていたけれど、やがて運動に背を向けるようになった。白浪物を得意とする黙阿弥は西洋風のリアリズムを導入しようとする演劇改良運動には同調できないものがあり、改革に対する一大ブレーキになったのだというとらえかたもあろう。

だが、もっとも有力な解答は浄瑠璃や歌舞伎は庶民階級のものだったから、というものだと思われる。武士階級のたしなみとされたのは能楽であった。浄瑠璃ではなかった。幕末維新期に、志士たちにとって政治思想を盛り込む文学的容れ物は漢詩だった。短歌俳句は政治思想をあらわすには短小すぎたし、そもそも政治思想を表現する手段として活用されたことはなかった。庶民の芸事である端唄や長唄はもとよりのことである。『民権鏡加助の面影』のような少数の例外はあるけれども、町人階級の娯楽である浄瑠璃に高尚な思想を盛り込むことなど、明治の新知識人にとっては、噴飯物の思いつきにすぎなかったであろう。

こういう事実は明治維新と明治の政治の性格を裏側から照らし出すものである、ということをわたしは強調したい。幕末から明治にかけての日本人にとって、政治は統治エリートのもの、すなわち江戸時代に支配階級であった武士とその後裔である士族のものであり、政治に関する思想や言説はすべからくかれらの教養、すなわち漢詩文や、明治以後になるとそれに加えて西洋的な言語や様式にのっとって表現されるべきものだったのである。それだから明治の政治エリートたちは、自由民権運動のように広く国民各層に支持を広げる努力をした人びとの中には少数の例外があるとしても、自分たちの政治的主張を浄瑠璃や歌舞伎で表現しようとは考えなかった。植木枝盛《えもり》がつくった新体詩は漢詩でいうところの詠史であろうが、叙事詩としての性格は強いけれども、それとても佐倉惣五郎や菅原道真を称揚したわけではなかった。植木がうたったのはパトリック・ヘンリーやウィリアム・テルやオリバー・クロムウェルやジュリアス・シーザーだった。

義太夫のような町民文化は政治思想を表現する形式としては活用されなかった。そしてもう一歩すすんでいえば、町民文化の担い手であった江戸大坂の町人階級が、明治維新とそれ以後の政治変動が進行する過程で、その主体ではなかったということである。そればかりか幕末維新期の政治エリートたちは、そもそも町人層に働きかけなければならないという必要を感じていなかったのである。

もし自由民権運動にとって東京や大阪など都市民の支持を獲得することが切実な課題であったら、そしてそもそも都市の町民が維新勢力の一翼に最初から参加していたら、浄瑠璃は重要な政治宣伝の手段となった可能性が高かっただろう。事実はそうはならず、浄瑠璃はやがて自己革新の力を失い、保護すべき伝統文化になってしまうのである。

第四章　主題の社会的構築　文楽と歌舞伎と浪花節

1. 耳で聞いてわかることと主題の単純さ

叙事詩の力は深く考えさせることではない。強く感じさせることである。それに対してすぐれた抒情詩には深く考えさせる力がある。抒情といいながら思索をうながすというのは矛盾しているように聞こえるかもしれないが、与謝野晶子や高村光太郎や金子みすゞには考えさせる深みがある。それは近代日本の詩史を考えるうえで重要な補助線になる。明治に新しく提唱された新体詩が抒情詩として頂点をきわめたことと、文楽や歌舞伎、すなわち浄瑠璃が新しい物語や思想を表現する力を失っていくこと、この両方をきちんと押さえておかないと、日本の近代詩を正しくとらえることはできないだろう。

もうひとつ最初におさえておきたいことがある。それは叙事詩は庶民の生活感情や規範意識に共鳴基盤を持っていないと支持されないということである。叙事詩は個性的であるというより共同主体的である。つまり庶民的である。叙事詩は義理人情（浪花節のばあい）だの人道主義（民衆詩派のばあい）だのといった規範意識の中で書かれるのである。しかし、規範意識から逸脱しないかたちで書かれながら、規範の具体的な相をすこしずつずらしていく。抽象的な表現になってしまって申し訳ないが、具体的にいうと、たとえば江戸時代の浄瑠璃ではいつも英雄につくすための死が取り上げられたのに対して、一九二〇年代の浪花節では愛する人のしあわせのために身を引く英雄が登場するといった具合である。同じ義理人情であっても、具体的な行動はものすごくちがうのである。これは社会学者のいう「社会的構築」である。このことはあとで述べる。

さて第二章で述べたように新体詩は一八八〇年代に、森鷗外らの『於母影』や島崎藤村の『若菜集』の登場によって、七五調の抒情詩として完成される。『於母影』をつくった森鷗外や井上通泰は俗悪さを極端に嫌い、非常にことばの格調にやかましかった。その証拠が『於母影』の目次である。それをみると詩の題名、言語、作者につづけて（意）（句）（韻）（調）のいずれかの文字が記されている。たとえば「いねよかし　英　バイロン（韻）」というふうになっている。これはどういう意味かというと、（意）は原詩を意訳したという意味、（句）は意味を汲むだけでなくできるだけ逐語訳した、（韻）は原詩の意味と韻律を生かそうとした、〈調〉は意味を汲み取りつつできるだけ逐語訳し同時に韻律を生かしたという意味である。鷗外や井上通泰がどんなことに細心の注意を払ったかがにじみ出ている。韻律を生かすという意味では漢詩に訳すほうがやさしいだろう。実際、一七編中〈調〉は二編のみであるが両方とも漢詩に訳されている。

そうしてまた『於母影』や『若菜集』に所収の詩の多くは、五言絶句や七言律詩がつくりだす世界に酷似している。そのようなかれらの美的基準が、結局は外山正一や井上哲次郎の考えを圧倒したのであった。

本章の主題から外れるのであるが、その後の日本の詩についてひとこと付言すれば、口語自由詩の登場から戦後詩へと、近代詩は圧倒的に目で読むものとして発展していく。そのため、曲がりなりにも新体詩にあったわかりやすさはたちまち後退していき、戦後になると難解な詩が非常に多くなるのである。

さて詩はわかりやすくなければならないと、『新体詩抄』の著者たちが主張したのは至極もっともなことだった。しかし本当に詩がわかりやすくなければならないのは目で読むときではなく耳で聞くときである。『新体詩抄』におさめられた外山正一の「抜刀隊の歌」が数年後に曲がつき評判になり、のちに陸軍の行進曲として制定されたことはそのことをよく象徴している。「抜刀隊の歌」は西南戦争のエピソードをうたった叙事詩であったが、耳で聞いてわかりやすい詩でなければ曲をつけても親しまれない。耳で聞く叙事詩こそわかりやすくなければならない。「抜刀隊の歌」はあまりにも俗っぽいと識者には悪評ふんぷんだったが、たしかに詩の意味はまことにわかりやすかったのである。とはいえ耳で聞くことの重要性は、おそらく『新体詩抄』の著者たちにも意識されていなかったのではないかと思われる。

目で見て耳で聞くときは、読むときより、いっそう単純でなければならない。わたしは最近、あるドキュメンタリー番組で取材を受けた。夫婦関係の多様化をテーマとするドキュメンタリーで、三組のカップルが登場し、わたしたち夫婦もそのうちのひと組だった。撮影は数ヶ月かかったのだが、ディレクターのドラマツルギーについての話がたいへんおもしろかった。ドラマには登場人物の葛藤がなければならない。ひとつのシーンにあれこれ複数のメッセージがふくまれてしまうと、視聴者が混乱してしまう。だからワンシーン・ワンメッセージ。単純でなければならないというのである。

2．浄瑠璃のわかりやすさ

浄瑠璃は三味線の音曲にあわせて耳で聞くものであり、したがってたいへんわかりやすかった。それとともに叙事詩は主題が単純明快でなければならない。そうでないと人びとの心をつかむことはできない。浄瑠璃のストーリーが非常にデフォルメされているのはそのためといえるだろう。

人形浄瑠璃の名作はたいてい五段からなっているが、それぞれの段で同様の主題がくり返される。たとえば『義経千本桜』のばあいは、壇ノ浦で滅んだはずの三人の平家の武将が登場する。一段目、壇ノ浦で死んだはずの平知盛は船宿の主人銀平になりすまして義経を倒す機会をうかがっている。二段目、平維盛は寿司屋にかくまわれている。平家再興をねらうが結局出家する。三段目、壇ノ浦で戦死したはずの平教経は僧に身をやつして義経の命をつけ狙っているが、佐藤忠信に討たれて死ぬ。狐忠信である。このように平家の落ち武者が別人になりすまして義経の命を狙うという、おなじ主題が三段にわたってくり返される。そして狐が人間に化けて登場するなど、ストーリーは夢幻的な要素をたっぷり取り込んでいる。

時代物の浄瑠璃は主題も単純明快である。その主題は、気高い行為であったり、自己犠牲や無償の献身であったり、たぐいまれな洞察力や賞賛すべき決断だったりする。そうして最後の最後には正義が勝利し秩序が回復されるのである。そしてそのテーマの重要性をデフォルメするために頻繁に使われるのが死、とくに身代わりの死である。たとえば『菅原伝授手習鑑』のばあいは、三段目の切りで菅丞相が無実の罪を着せられた責任をとって桜丸が切腹し、四段目の切り、つまり有名な寺子屋の段で松王丸が自分の子どもの命を菅丞相の身代わりにする。『国性爺合戦』では和藤内が韃靼とたたかうのをささえるために、多くの人が自発的に死を選ぶ。甘輝将軍などは和藤内への忠誠をあかしするために、なんと妻を殺してしまう。他にもずいぶん唐突な死ばかり続出するのだが、共通しているのは、心酔する英雄に尽くすために自死したり自分の妻子を殺害したりするということである。つまり人びとの付託を受けた強者が、正義の秩序を回復するのをささえるために、弱者は人柱をささげるのである。このような義理人情の世界における死というデフォルメ、つまり究極の自己犠牲に、観衆は感動したのである。

人口に膾炙《かいしゃ》する叙事詩にはだれにでも納得できる単純明快なテーマがある。河竹黙阿弥の白浪物に登場する悪党たちは、極悪非道な大悪党ではない。自分がはたらいた悪事のために大切な人に不幸がふりかかったことを知ると、改心して捕まったり自害したりする。どこにでもいるような、義理人情に反応する資質をもつ人物である。弱きを助け強きをくじく義賊の性格ももっている。『天衣紛上野初花《くもにまごううえののはつはな》』に登場する河内山宗俊《こうちやまそうしゅん》はもちろん悪党だが、悪知恵を働かせて大名屋敷に閉じ込められた商家の娘を助け出し、そのうえ金までむしり取る。観衆はそれを見てスカッとする。黙阿弥の世界は因果応報と義理人情をテーマとした世界である。

このことは浄瑠璃にかぎらない。新体詩でもっとも成功した叙事詩は落合直文の「孝女白菊の歌」であろうが、物語は西南戦争で行方不明になった父を慕う娘が、散々苦労したあげくに父との再会を果たすというストーリーである。孝女白菊の物語はたいへん評判になり、戦前は絵本や少女向けの雑誌にくり返し取り上げられた。孝女白菊はひたむきに父を慕う娘であることによって、親孝行というだれもがこころを揺さぶられるテーマを体現している。どんな艱難辛苦にもめげずに父を慕い続けるけなげさが人びとの心をとらえたのである。

3. 大衆小説は講談から生まれた

さて、ここでしばらく詩から離れて、明治以後、近代文学において叙事的なものがどのように発展してきたかをみておこう。明治以後、叙事的な記述は韻文からも音曲からもじょじょに切り離されていった。明治一〇年代までに書かれた小説には七五調で書かれたものがかなり多かったし、小説の文体も文語体でしかも七五調まじりのものが少なくなかった。読者はこれらの文章を音曲のリズムにのせて復唱するようにして読んだのである。しかし言文一致体が普及するにつれて、じょじょに散文を黙読する習慣が広がっていく。

三遊亭圓朝は幕末にはさまざまな道具を駆使する道具噺を語っていた。教導職に任じられて以来、彼は道具をすべて弟子に譲り、扇子一本で話す素噺《すばなし》に転じた。圓朝の講談は言文一致のモデルになったが、そのころには落語の語りは音曲も大きな立ち回りのような所作もともなわなくなっていたのである。そして叙事的な記述のスタイルはそこから受け継がれたのである。浄瑠璃や歌舞伎のような単純明快なテーマの提示に、人びと、つまり書き手も受け手も、じょじょに物足りなくなったのである。

それは近代社会のしからしむるところだった。江戸時代の歌舞伎の観衆は平安時代の菅原道真や藤原時平が衣冠束帯で登場しなくても少しも意に介さなかった。しかし一九二〇年代の大衆小説に登場する菅原道真が裃《かみしも》に大小をさして江戸っ子のことばを話したら笑いものになっただろう。時代物についての暗黙の約束事が変化したのである。こういう変化の中で人物の行為に焦点を当てる手法は、その行為をささえる価値観が共有されなくなった途端に観衆の支持をえられなくなってしまう。

浄瑠璃の時代物は、近代文学史でいえば大衆小説（時代小説）に当たるジャンルである。

大衆小説ということばが使われるようになるのは一九二〇年代の中ごろからであるが、そのころ大衆小説ということばは時代小説をさしていた。そして明治末に始まったいわゆる書き講談が大衆小説の源流であった。雑誌『講談倶楽部』が浪花節を掲載したところ、講談師たちが非常に反発したことをきっかけに、『講談倶楽部』が講談師と縁を切って創作物の書き講談を掲載するようになったのが一九一三年のことであった。講談は浄瑠璃となじく話芸ではあるが、浄瑠璃とは違い音曲をともなわない。散文的な話芸である。大衆小説は浄瑠璃ではなく講談から出発したのである。

このようなわけで韻文的なもの、叙事詩的なものは大衆小説には受け継がれなかった。一九一〇年代から中里介山、長谷川伸、吉川英治、白井喬二らの活躍により大衆小説が盛んになったが、そこにはもちろん叙事はある。しかし叙事詩的なものはない。つまり散文による描写はあっても、詩的な表現ははなはだ影が薄いのである。

一方浄瑠璃のもうひとつのジャンルである世話物は、一九三〇年代の用語でいえば通俗小説に当たる分野で、こちらは男女の恋愛を軸にした現代物である。加藤武雄、吉屋信子、三上於菟吉、中村武羅夫らが活躍したが、いうまでもなく、ここでも事情はおなじである。

演劇の分野をみると、一八九〇年ごろから壮士芝居や川上音二郎の書生芝居がはじまり、歌舞伎に対して新派といわれるようになった。川上音二郎は自由党の壮士として何度も逮捕されたことのある人物で、一種の風雲児だった。オッペケペ節で人気になったが、書生芝居もまた自由民権運動がもたらした文化運動だった。やがて新派は当時の新聞小説、とくに家庭小説といわれたジャンルの作品を舞台化していった。泉鏡花『婦系図《おんなけいず》』、尾崎紅葉『金色夜叉』、徳冨蘆花『不如帰《ほととぎす》』、菊池幽芳『己が罪』などである。ことさら述べるまでもないだろうが、俳優のせりふにしても所作にしても新派劇に韻文的な要素はなかった。

このようにして歌舞伎や文楽のロマン主義的な様式美は、近代的なリアリズムにおされて小説からも演劇からもじょじょに後退していった。それにつれて、浄瑠璃体は生きた実生活を活写する力を失い、叙事詩の命であるわかりやすさを失っていった。伝統芸能の世界に移っていくのである。

唐突だが、明治中期から昭和初期にかけて当代随一の流行作家だった村上浪六は、韻文的なものの影響が衰えていくのを象徴するような存在だったといえる。村上浪六は校正係として報知社に入社するが、森田思軒《しけん》に認められ、『郵便報知新聞』に処女作「三日月」を書いた。一八九一年のことである。「三日月」はたいへん評判になって、浪六は一躍文壇の寵児になる。その年の暮れには『井筒女之助』を上梓するかと思えば、年末に報知社を辞めた。そして明くる九二年には『奴の小万』を刊行するのである。

浪六の小説は威勢のいい俠客を主人公としたので、「撥鬢《ばちびん》小説」といわれた。初期の浪六の文体は文語体で、体言止めを効果的に使い、独特の韻文的なリズムがあり、ほかに例をみない。「三日月」は次のようなはしがきからはじまる。「所謂彼の町奴。六法むき。男達《だて》。などいえる者の一生を見るに其の野卑にして且つ愚なること殆ど児戯に似たれども人に骨なく腸は魚河岸にのみある今の世に豈に煩悶の価いなからんや」。今日の読者は「三日月」の文章をつっかえずに読むことはできないだろう。「三日月」の文体は浄瑠璃の文体に近い韻文的な響きがある。

もっとも一八八〇年代の歴史小説は『東京日日新聞』に筆を執った塚原渋柿園《じゅうしえん》にせよ、『大阪朝日新聞』に拠って大量の時代小説を量産した渡辺霞亭《かてい》にせよ、みな文語体で書いていた。ただ浪六の文章は韻文の響きが強いのである。これらの作家たちもそうだが、浪六自身もその文体は当時の新聞小説の文体に合わせるようにじょじょに変わっていった。浪六は五〇年以上にわたって書き続けた超人気作家だったが、浪六自身の文体が変わっていったこともあって、初期の浪六の文体を継承するものはあらわれなかった。

4. 浪花節は叙事詩だった

しかしそうだとしても、明治以後、叙事詩的なものが力を失ったわけではない。事実はまったくその逆である。叙事詩は新体詩のような新しい文学理念の唱道者をもたなかった。しかし浪花節が登場して、叙事詩的なものは民衆の圧倒的な支持を獲得するのである。一九〇〇年代に桃中軒雲右衛門が「武士道鼓吹」をかかげて登場すると、日露戦争後、浪花節はたちまちのうちに民衆の支持を受けて広がった。

一九二五年に社団法人東京放送局（現ＮＨＫ）のラジオ放送がはじまると、浪花節は爆発的な人気になった。三二年に実施された視聴者の望む番組の調査では講談・落語・義太夫などを引き離してダントツの一位だったほどである。このときの調査結果はおもしろい。浪花節とともに、義太夫や謡曲といったジャンルが上位を占めている。ラジオドラマは上位五位にも顔を出さない。こうして浪花節は戦前最大の大衆芸能になり、二代目吉田奈良丸、木村重友、二代目広沢虎造、寿々木米若、三門博、春日井梅鶯などスターが輩出した。一九三〇年代には文化芸能関係の高額所得者は浪曲師が軒並み上位を占めた。レコード会社は浪花節のレコードのおかげで飛躍的に発展したといわれる。浪花節はそれほど人気だったのである。

浪花節は語彙《ごい》も文法もおかしなところがたくさんあった。俗っぽくて高尚な文体などとはほど遠かった。だから知識人は一様にその価値を認めなかった。浪花節というと露骨に侮蔑や嫌悪の感情を示すものさえ少なくなかった。そのうえ浪花節は内務省官僚に思想善導の道具として目をつけられ、一九三〇年代になると軍国主義の片棒を担ぐことになった。そして戦後は一転してGHQに忌避され、浪花節が好んで取り上げた仇討ちものなどは上演禁止の憂き目に遭った。

こういう事情から浪花節は詩と認められてはいない。芸能であっても芸術とは認められていない。しかし、いま述べたような事情から離れて眺めれば、浪花節はやはり、浄瑠璃系統の義太夫や新内とおなじように、たいへん訴求力の強い叙事詩なのである。こころみに天津羽衣が読んだ『瞼の母』の出だしを拾ってみよう。

我と来て
遊べや親の無い雀
顔も知らずに名を呼んだ
乳房懐かし母恋し

生まれ故郷は江州の
坂田郡に雲が飛ぶ
磨針峠の　山峡《やま》の宿
母を尋ねて故里《くに》を出て
何時か身につく三度笠
風にまかせた股旅の
あれは番場の忠太郎

これは長谷川伸の『瞼の母』からとったもので、番場の忠太郎は戦前の日本人が大好きだったヒーローのひとりである。江戸時代の歌舞伎、浄瑠璃、読本等とおなじように、明治大正以後も、講談、浪花節、大衆小説、演劇、映画等は、同じ題材をくり返しくり返し、手を替え品を替えて使うことによって国民文化の共通基礎知識をつくった。とくによく取り上げられたのが義士もの（赤穂四七士の物語）や俠客もの（清水次郎長など）だった。『瞼の母』はこれに属する股旅物である。初出は一九三〇年で、翌年新歌舞伎で上演され、その後一九六〇年代まで、演劇、映画、テレビでくり返し上演・放映された。ちなみに浪花節バージョンの『瞼の母』は二葉百合子・中村富士夫のものも人気をとった。さらに歌謡曲も何度もつくられ何人もの歌手が歌ってきた。

歌謡とむすびついた詩の力をみくびることはできない。それは人びとの思考や価値観の潜在的パターンを方向づけ、それを革新したり、あべこべに革新に対してしぶとく抵抗したりする。人びとの思考や価値観の潜在的パターンをたえず微調整しながら総体として長期間にわたってそのパターンを維持する力を持つのである。主君への忠義立て、義理人情、自己犠牲と献身といった徳目が、過去の歴史的できごとや創作物語をなぞることで、具体的な生きた場面のなかでその都度くり返し呼び出される。一本調子の論理でなく、なまなましい感情をともなって強調されるのである。しかも義士ものとか義侠ものでとりあげられる題材は、浪花節でも歌舞伎でも映画でも流行歌でも小説でもとりあげられて、いわばメディアミックスの効果をあげるのである。

叙事詩で重要なのは人びとの思考や価値観の潜在的パターンから逸脱しないようにしながら、同時にそれに対して新しい要素をつけ加えることである。これはきわめて重要なところである。鶴屋南北は江戸時代後期に活躍した歌舞伎狂言の作者だったが、彼が書いた『東海道四谷怪談』などの作品にはぞっとするような極悪非道の人物が登場する。河竹黙阿弥の白浪物を飾る悪党たちは、悪党は悪党でも、是非善悪の弁別がつく小悪党である。このようにして南北から黙阿弥へ、微妙な主題ずらしがおこっている。

5．時代によってじょじょにおこるテーマ変容

近松はその時代物の作品の中で、くり返し大義のために命を犠牲にする行為を賞賛している。主人公のために妻や部下が自分やわが子の命を差し出すのである。これは時代物の重要なモチーフだった。近松の弟子であった初代竹田出雲の『菅原伝授手習鑑』では松王丸が菅丞相の身代わりに自分の息子を殺害して首実検に差し出す場面がある。四段目「寺子屋」の切りの場面である。松王丸は時平の配下だったが、悪逆な時平にひきかえ高潔な菅丞相にひそかに心酔していた。そして菅丞相が追い詰められて殺害されようとしたとき、わが子を菅丞相の身代わりに差し出す覚悟をしていた。菅丞相をかくまった源蔵夫妻のところへ、時平配下の玄蕃や松王丸がやってきて菅丞相を討ちその首を差し出せと迫る。源蔵夫妻は身代わりの青年を殺害しその首を桶の中に入れる。首実検のため松王丸は桶の中をのぞき込む。そしてこれぞ間違いなく菅丞相の首だと嘘の証言をする。実は身代わりに殺されたのは松王丸自身の子どもだった。以下にその一部を床本から引用しよう。

家来衆。源蔵夫婦を取巻き召され。「畏つた」と捕手の人数十手振つて立ちか丶る。

女房戸浪も身を堅め、夫はもとより一生懸命、「サア実検せよ検分」と、云ふ一言も命がけ。後は捕手向うは曲者。玄蕃は始終眼を配。こゝぞ絶体絶命と思ふ内早首桶引寄。蓋引明けた首は小太郎。贋と云ふたら一討と早抜きかける。戸浪は祈願。「天道様仏神様憐み給へ」と女の念力。眼力光らす松王が、ためつ、すがめつ、窺ひ見て。「ムウ、コリヤ、菅秀才の首討たは、紛ひなし、相違なし」と、云にびつくり源蔵夫婦、あたりきよろ〳〵見合はせり。検使の玄蕃は検分の、言葉証拠に「出かした〳〵よく討つた。褒美には匿ふた科赦してくれる。イザ松王丸、片時も早く時平公へお目にかけん」「如何様、隙どつてはお咎めも如何。拙者はこれよりお暇給はり、病気保養致したし」「オ、サ、役目は済んだ、勝手にせよ」と首受取り、玄蕃は館へ松王は、駕籠にゆられて、立ち帰る。

明治以後、浄瑠璃研究に真っ先に取り組んだのは坪内逍遥と早稲田グループであったが、逍遥は世話物と時代物を比べて、世話物のほうを遥かに高く評価し、それにひきかえ時代物はまったく人格が描かれていないとして退けている。小説の目的は勧善懲悪ではなく世態人情を描くことだと主張した逍遥であるから、それはいかにも逍遥らしい評価だった。戦後になると時代物が伝えるメッセージの構造を「秩序」ということばでとらえようとする研究がすすんだ。時代物のモチーフは秩序の回復である、悪者によって脅かされた正しい秩序を回復するために主人公が奮戦するというわけである。たとえば江戸時代さかんに演じられた金平《きんぴら》浄瑠璃は、大江山の鬼退治をした源頼光の子どもである源頼義が、頼光に仕えた四天王の子どもたち（子四天王）とともに、悪い反逆者たちを倒して秩序を回復させるというストーリーである。ちなみに金平浄瑠璃の金平は坂田金時の息子である。もちろん架空の人物である。

おなじ封建的義理人情のヒーローでも、長谷川伸がつくりだしたヒーローは主君のために命を投げ出すタイプではない。番場の忠太郎がそうだ。愛する女性を命がけで守り、そして静かに立ち去っていく。自分は凶状持ちである。そういう自分が愛する女性をしあわせにすることはできない、という身を切るような諦念に従う男である。番場の忠太郎ばかりではない。『関の弥太っぺ』の弥太郎もそうだし、『沓掛時次郎』の時次郎も、『一本刀土俵入』の茂兵衛もそうである。

これに対して近松門左衛門はじめ文楽のヒーローはまるで違う。献身というテーマは共有であるけれども、近松門左衛門と長谷川伸では、献身の対象と方法がまったく違う。近松の場合は男の主人公のために妻や恋人が命を捧げたり、敬慕する主人公のために脇役が大切な子どもの命を捧げたりし、物語の最後には主人公が大義をはたすのである。長谷川伸のように主人公自身が思いを遂げることを自分に禁じたりするのではない。

という次第であるから、叙事詩の力が人びとの思考や価値観のパターンを革新したり、革新に対して頑強に抵抗したりするといっても、たえず人びとの思考や価値観の潜在的パターンを微調整しているのであり、一見、義理人情や自己犠牲や献身という道徳箇条を共有しているようにみえていても、実はその実質的な内容は非常に異なっていることも少なくないのである。このようにして新しい価値観は古い価値観の中に移植され、やがて前者が後者にとってかわるのである。

わたしはここで、ひとまず中間的なまとめをしておこうと思う。江戸時代においてもっとも典型的な叙事詩は浄瑠璃であった。浄瑠璃は金平浄瑠璃や近松の時代物にあらわれるように、秩序を問題としていた。「ご政道」の批判は厳禁されていたから、「秩序」が問題とされたのであって、「政治」そのものが問題とされたわけではなかった。浄瑠璃はいたって体制に従順だった。明治二〇年代の演劇改良論はそういう歴史的背景を背負っておこったのである。

叙事詩としての浄瑠璃は明治になって以後、近代的リアリズムの手法が小説や演劇に進出するにつれて、主題をいきいきと表現する力を失っていった。しかしもしも明治維新がいわゆるブルジョア革命であったら、つまり江戸や大坂の町人階級が変革の一翼を担ったのであったら、浄瑠璃はまったく別の展開をたどったに違いない。

明治維新のイデオロギーを表現した芸術形式は漢詩くらいのものであった。尊王攘夷思想は儒学の大義名分論と国学との混交ととらえておいて的を外すことはないだろうが、それをいきいきと都市の民衆や農村の人びとに伝える芸術形式は存在しなかった。明治維新を推進したのは主として西南雄藩の下級武士層であったが、かれらの敵対者は徳川幕府であって、徳川幕府とたたかうときに都市町人層を味方に巻き込まなければならないという政治状況は、幕末維新史の最初から最後までなかった。そもそも都市町人層は政治の主体たることを禁じられた存在だったし、みずからもそれを禁じてきたのである。

一九三〇年代に叙事詩は新興の浪花節において新たに音曲と結びついた。下層民の下品な娯楽として知識人には評判の悪かった浪花節だが、浪花節において叙事詩はあらためて音曲と結びつき、強力な魅力を発した。浪花節は義理人情という規範意識のうえに成り立っていたが、実をいうとその規範意識そのものの中で、英雄を活躍させる踏み台としての死といった浄瑠璃が得意とした主題は姿を消した。そしてときには主君のためではなく、愛する人のために刀を抜くといった主題さえうたわれたのである。

第五章　口語自由詩と告白

萩原朔太郎と佐藤春夫の衝撃

1. 萩原朔太郎の気味悪さ

第三章と第四章では叙事詩についてみてきたが、詩の主流はなんといっても抒情詩である。では抒情詩はどうかというと口語自由詩の登場によって抒情詩の世界は大きく広がることになる。一九一〇年代中ごろのことであった。口語自由詩は萩原朔太郎と高村光太郎の登場によって確立したといわれる。高村光太郎の『道程』が出たのは一九一四年、萩原朔太郎の『月に吠える』は一九一七年のことだった。そして詩は何を表現するのか、詩人の個性とは何かということを、強烈なかたちで読者につきだしてみせたのが萩原朔太郎だった。

萩原朔太郎の登場は詩壇に非常な衝撃だったそうだが、わたしも高校生のときに「地面の底の病気の顔」をはじめて読んだときは、こんな詩があるものかと心底びっくりしたものだった。この詩のはじまりは次のようである。

地面の底に顔があらはれ、
さみしい病人の顔があらはれ。

地面の底のくらやみに、
うらうら草の茎が萌えそめ、
鼠の巣が萌えそめ、
（後略）

「～して、～して」と次々と連用形が繰り出され、行と行がつながれる。そして最後の二行は、

地面の底のくらやみに、
さみしい病人の顔があらはれ。

で終わる。つまり最初から最後まで連用形なのである。地面の底に顔があらわれて、草の茎や青竹の根が生えてくる病的に気味悪い画像が脳裏に浮かぶ。病的だが、しかしなんともいえない怪しい魅力がある。なんという詩だろうかと不思議な気持ちになったものである。

この詩が収録された『月に吠える』は萩原朔太郎の処女詩集であり、口語自由詩の確立を告げる記念碑的作品という評価が定まっている。いや近代詩の真の出発点として位置づける評者も少なくない。たとえば篠田一士は「近代日本の詩的感受性とよぶにふさわしいものがはじめて創られ、その方向が定められた」と最上級のことばをつかって絶賛している（『現代日本文学大系34　萩原朔太郎・三好達治・西脇順三郎』筑摩書房の解説）。『月に吠える』が口語自由詩の門出に打ち立てられた重要なモニュメントだったということはわかる。漢詩は対句をもちいる。新体詩は、まあ終止形でむすぶ。呼びかけや詠嘆のことばもしばしば用いられる。両方とも文語である。「地面の底の病気の顔」のように口語をもちい、そのうえ連用形で行をつなげるなどという語法はまったく新しいのだ。

しかしそれが形式をこえた内容の点で、なぜどこが島崎藤村や蒲原有明や北原白秋やといった詩人たちと違うのか。その評価の仕方について、わたしはこれまで一度も納得したことがない。萩原朔太郎の詩はそれ以前の藤村や有明や白秋やといった詩人の世界とはあきらかに違う独特の世界をつくりだすから、「近代日本の詩的感受性」という評価を与えたくなることはよくわかる。しかしでは「近代日本の詩的感受性」とは一体なになのか。そのことに対する満足な説明にお目にかかったことがないのである。

2. 萩原朔太郎と佐藤春夫

この問いに対する答えは、詩だけ見ているのではわからない。感情革命ともいうべき自意識の変容が萩原朔太郎という詩人の上にあらわれた。小説ではおなじ自意識の変容が佐藤春夫の上にあらわれた。その自意識の変容の構造を解き明かすことがいちばん重要なのではないか。

それは一九二〇年を挟む前後数年間、つまり第一次世界大戦のころから日本社会の根深いところにもたらされた文化変容によるものである。それは表層ではアメリカ化という現象としてあらわれた。第一次世界大戦が終結すると、アメリカ映画が続々日本にやってくるようになった。これに刺激されて松竹キネマ合名会社はじめいくつもの映画会社が誕生した。理想的な住宅地の開発をかかげて田園都市株式会社が田園調布の開発をはじめたのもこの時期だった。

しかしもう少し深い層におりてみると、自意識の変容そのものがみえてくる。たとえば新聞の連載小説には時代小説とともに家庭小説というジャンルがあったが、家庭小説では未婚男女の自由な恋愛は御法度だった。小杉天外『魔風恋風』や小栗風葉『青春』や菊池幽芳『己が罪』など、ベストセラーになった家庭小説では恋をした未婚女性はかならずとんでもない罰を受けた。それが第一次世界大戦後になると、未婚男女の恋愛は肯定的に描かれるようになる。章をあらためて論じたいと思うが、童謡がはじまったのもこの時期だった。一九一八年六月鈴木三重吉が『赤い鳥』を創刊し、その年の一一月号に西條八十の「かなりあ」が掲載された。『赤い鳥』には芥川龍之介の『蜘蛛の糸』や有島武郎の『一房の葡萄』など著名作家の童話が掲載された。それまでの子ども向け読み物には必ずといっていいほど教訓のにおいがあったが、これらの童話は文学的な詩情が豊かだった。

そういう変化の中で非常に先鋭なものが、感情革命だった。わたしはそう考えるのが妥当だと思っている。以下、それについて考えることにしよう。『月に吠える』は一九一七年に刊行された。佐藤春夫の『田園の憂鬱』は一九一九年に出た。こちらははじめ「病める薔薇」として一九一七年に発表され、その後、後半部分が書き足されて『田園の憂鬱』

として完成した。『月に吠える』も『田園の憂鬱』も、一九一〇年代の後半に出版されたわけである。

片方は詩集であり、もう片方は小説であるが、おなじ性質をもっている。病的なのである。「地面の底の病気の顔」を読んでいて感じるのは、よくぞこういう異常な情景を想像できるものだという驚きである。いや正確にいえば、よくぞそれをみんなに読んでもらいたいと思うものだという驚きである。著者である萩原朔太郎や佐藤春夫は、堂々と誇らしげに、自分の体験や想像を顕示している。あたかも自分はたいへんな文学的才能に恵まれて生まれたのだぞ、といわんばかりである。

もちろんだれでも不気味な光景を想像することはある。気味の悪い夢をみた経験がある人は少なくないだろう。わたしも子どものころ、病気で高熱が出ると、決まって不気味な夢をみてうなされたものである。小指一本で全体重を支えて跳び箱の上にいるとか、蚊帳《かや》を吊り下げている角に吸い込まれていくとか、おなじ夢をくり返しみたものである。そういう夢をみたとき、わたしは親兄弟や友だちに、こんな夢をみたと自慢げに吹聴することはなかった。むしろ隠したかったものである。

この程度ならまだしもである。しかしもしも自分が血みどろの殺人劇を演じたとか、殺人を犯して刑事に追われて逃げ回っているとかいう後味の悪い夢をみたら、それを知り合いに言いふらす気になれるだろうか。想像から生まれた純粋な創作だとわかってもらえるなら、面白おかしく話すこともできるだろう。しかしそんな恐ろしいことを日ごろから夢想している人かと思われるとしたら。そうなると、おいそれとは口にできない。

ながいあいだ詩は想像の産物ではなかった。漢詩は真情をあらわすものだった。和歌もおなじである。相聞歌は現実に恋し恋される男女の間でやりとりされたのである。新体詩も空想を表現するために考え出された形式ではなかった。社会学で世の中を良くしようと提唱する詩も、冗談や絵空事ではなかった。外山正一は大まじめだったのである。藤村や晩翠の詩も、そこに作者がいて作者が感じたり考えたりしているということがはっきりしている。「初恋」にしても、藤村自身が経験した感情であり、だからこそ読むものはそれに共感しているのである。「初恋」についてはいいたいことがあるが、ここではやめておく。

「地面の底の病気の顔」はどうか。読者はよくもこんな想像ができるものだと驚く。おなじ想像を追体験して共感するわけではない。作者の想像力の異様さに驚き、なによりこういう異様な想像を堂々と発表してしまう自意識に驚くのである。『月に吠える』に序文を寄せた北原白秋も、朔太郎が「異常な神経と感情の所有者であること」を知っていると述べ、つづけて「譬へばそれは憂鬱な香水に深く涵《ひた》した剃刀である」と書いている。白秋も、やはり朔太郎の詩に自分の体験や感情を重ねているわけではない。他人が思いもつかないような、経験や想像を誇示すること。たとえ恥ずかしいことであっても、忌避されることであっても。篠田一士がいう「近代日本の詩的感受性」とは、そういう自意識のことなのである。

これを「詩的感受性」と呼ぶのは違和感がある。詩的でもなんでもない。もっと大きく「自意識」というほうがいい。ひとが気味悪がることも平気で書けるという心の持ち方である。一九一〇年代、第一次世界大戦の前後に、芸術家たちの自意識にひそかな地殻変動がおこっていた、とわたしは考えている。それは大衆社会化がもたらした現象のひとつであり、読者の側におこった変容と対になっている。一昔前なら人びとに忌避されたり嫌悪されたりしたことが、人びとが寛容になったために受容されるようになり、表現するものの方でも大胆に自己をさらけ出すようになったということである。

3. 佐藤春夫の『田園の憂鬱』

このような自意識を萩原朔太郎よりも、ずっとなまなましくあらわにしたのが佐藤春夫だった。『田園の憂鬱』は、作者自身が人里離れた一軒家で若い妻とともに執筆に励んでいたときに、幻視をみたり幻聴を聞いたり、抑うつといえばいいのか、精神的に変調をきたしていく物語である。

一昔前なら自分が精神的におかしくなったことなど絶対に言いふらしたりできなかった。よほど特別な立場にいる人でもなければ致命傷になったからである。わたしが思いつくのは前近代でそういう経験を告白したのは臨済宗中興の祖といわれる白隠禅師くらいである。『遠羅天釜《おらてがま》』には修行方法を誤って精神的に失調した経験がこと細かに綴られている。自分は修行をまちがって精神がおかしくなったのだぞという、鬼気迫る文章である。

佐藤春夫は同種の体験を実に事細かく告白している。なぜそういうことができるのか。おわかりだろう。佐藤春夫は自分の感性が常人の考えの及ばないほど鋭くて、そのために精神的に変調をきたすことができるほどなのだと、ひけらかしているのである。

『田園の憂鬱』をひらいてみよう。内容は、ただひたすら自然の描写と自然との心理的交渉を描いただけである。筋はといえば、とある農村に移り住んだ主人公が、半年ほどの単調な生活のくり返しのなかで、じょじょに神経衰弱の徴候を見せていくという、たったそれだけのことである。劇的な展開があるわけではない。なにしろ主人公以外の人間が、全然といっていいほど描かれていないのだ。

全編に書き込まれているのは、道に沿って流れる小川のありさま、廃園に繁る植物群のようす、蟻が列をなして動いている姿、虫を食べに毎晩ランプの笠のところへやってくるウマオイ、窓から見える丘の風景といった、一種の自然観察記録である。自然観察記録にすぎない。よく考えてみると、書き出しから終わりまで、そんな記述ばかりなのである。

にもかかわらず、それはいかにも独得の、すさまじく異様な、余人になしがたく、したがって佐藤春夫以前に例のない自然観察なのである。しかし一読後の第一印象としては、ほとんどの部分が自然観察だったという印象はない。なぜなら、そこでの自然描写は、同時に自然を見ている作者自身の内面の告白になっているような、そういう描写だからである。だから、冷静に客観的な立場で考えてみると、こんな材料が、よくも小説のテーマとして成り立ったものだという驚きにとらわれる。

例として、主人公とその妻が、これから借りようとする田舎の家に案内されて行く冒頭の場面を取り上げてみよう。道に沿って流れる小川の描写がある。

へどろの赭土《あかつち》を洒して、洒し尽して何の濁りも立てずに、浅く走って行く水は、時時ものに堰《せ》かれて、ぎらりぎらりと柄になく大きく光ったり、そうかと思うと縮緬《ちりめん》の皺《しわ》のように繊細に、或は或る小さなぴくぴくする痙攣《けいれん》の発作のように光ったりするのであった。或は、その小さな閃きが魚の鱗のように重り合っているところもあった。涼しい風が低く吹いて水の面を滑る時には、其処は細長い瞬間的な銀箔であった。薄《すすき》だの、もう夙《と》っくにあの情人にものを訴えるようなセンチメンタルな白い小さい花を失った野茨の一かたまりの叢《くさむら》だの、その外、名もないしかしそれぞれの花や実を持つ草や灌木が、渠の両側から茂り合いかぶさりかかると、水はそれらの草のトンネルをくぐった。

作者の観察はおそろしくこまやかである。そして作者は、その観察が文字にして記すに値するものだと信じている。これは驚くべきことではないだろうか。前近代の作家、たとえば滝沢馬琴にせよ上田秋成にせよ井原西鶴にせよ、これほど微に入り細をうがつ自然描写をしたことはなかった。精細な自然描写など、とうてい意味のあることとは思われなかったからである。

自然描写、そして一連の水の描写の最後のところに、主人公の感情が短く描かれている。「そうしてこの楽しい流れが、あの家の前を流れているであろうことを想うのが、彼にはうれしかった」。歩きながら、踊りだしたいような気持ちで主人公は小川の流れに見入っているのだ。ことこまかに描き込まれた小川の水の描写が、実は田園の新生活に期待をふくらませている主人公の感情そのものの表現になっているのである。

4. 自然描写の異様さ

はじめて真にいきいきとした感動をもって自然を描いたのは、西洋ではジャン・ジャック・ルソーだったといわれる。日本近代文学には佐藤春夫以前にも、すでに国木田独歩がいる。しかし独歩が『武蔵野』で自然に向かい合っている姿勢と、佐藤春夫のそれとは、まったく異質である。『武蔵野』には、小金井近辺の上水道の流れの描写があるので、それを次に引いてみよう。いましがた引用した佐藤春夫の描写とくらべてみてもらいたい。

自分等は汗をふき乍ら、大空を仰いだり、林の奥をのぞいたり、天際の空、林に接するあたりを眺めたりして堤の上を喘ぎ喘ぎ辿ってゆく。苦しいか？　どうして！身うちには健康がみちあふれて居る。長堤三里の間、ほとんど人影を見ない。農家の庭先、或は藪の間から突然、犬が現れて、自分等を怪しそうに見て、そしてあくびをして隠れて仕了う。林の彼方では高く羽ばたきをして雄鶏が時をつくる、それが米倉の壁や杉の森や林や藪に籠って、ほがらかに聞える。堤の上にも家鶏《にわとり》の群が幾組となく桜の陰などに遊んで居る。水上を遠く眺めると、一直線に流れてくる水道の末は銀粉を撒いたような一種の陰影のうちに消え、間近くなるにつれてぎらぎら輝いて矢の如く走ってくる。自分達は或橋の上に立って、流れの上と流れのすそと見比べて居た。光線の具合いで流の趣が絶えず変化して居る。

『田園の憂鬱』では、作者の視点は、いわば水の流れに密着している。まるで作者が水そのものの中にもぐり込んでしまっているかのようである。それによって流れの描写は、間接的に主人公の心理の暗喩的表現となっている。これにたいして『武蔵野』では、主人公と自然とは、すっきりとした主体と客体の関係を保持している。いいかえれば、後者では「主人公は水面を眺めている」というかたちで主人公と自然との関係があたえられているが、前者では、水面の見え方そのもの、水音の聞こえ方そのものが示されているのである。『田園の憂鬱』における自然描写は、自然に見入っている、その見入り方そのものが、主人公の心理状態を象徴的に物語っているという、そういう性格の描写である。自然描写が、そのまま自然を見ている作者自身の内面の描写に、地つづきにつながっているような、そういう描写なのである。

それにしても、である。自然描写をつうじて表現をあたえられるとは、いったいどんな内面感情なのであろうか。庭の樹木に羽化したばかりの蟬を見つけたという場面がある。主人公は二〇分あまりも「病的な綿密さを以て」じっと蟬に見入った。そして羽化する以前に二〇年も土中にいたのだと思った。なんとはかない命なのであろうか。そう思うと、生まれたばかりのこの蟬は、まるで自分を象徴しているかのように感じられた。そしてこの蟬は自分だ！　早く飛び立て！　と祈った。「彼の奇妙な祈禱はこんな風にして行われた」と佐藤春夫は書いている。このくだりは、やがて神経衰弱に苦しめられる予兆である。おなじ自然の描写が、もはや冒頭のような心浮き立つ調子をすっかり失って、もの憂く沈んだ、どこか神経症的なかげをおびはじめている。物語の結末にむかって進むにつれ、そのかげはますます黒く大きく広がっていく。やがて田園での生活が日を重ねるにつれ、いつしかとらえどころのない不安が彼の精神をおそうようになる。彼の神経はじょじょに蝕まれていき、ついにはしばしば幻聴を聞いたり幻視を見たりするようになる。

主人公はついに神経衰弱の徴候を示しはじめた。先鋭にとがった、鋭いがそれゆえ折れやすくもある、そういう感受性の持ち主なのである。

ひと昔前までなら、それは疑う余地なく、弱々しく、不健全で病的な精神の徴候だった。

もし滝沢馬琴が主人公のような経験をしたとしても、彼はけっしてそれを文章にして公表するようなことはせず、しっかり胸のうちにしまっておいたことだろう。しかし二〇世紀の人間はしばしば、精神病理的な現象のうらに、鋭敏で壊れやすく、普通でない、非凡な、つまり天才的な要素をみいだそうとする。たとえば、夏目漱石の『夢十夜』には、あきらかにそのさりげない主張がかくされている。『夢十夜』は一種の怪奇譚ともとれるが、作者と物語られたストーリーとの関係はあきらかに小泉八雲と『怪談』の関係とか、上田秋成と『雨月物語』の関係とかとは性質がちがう。『怪談』と『雨月物語』は、取材したり創作したりしたフィクションであり、作者の内面は安定している。フィクションに関心を持つことによって揺らいだりはしていない。ところが『夢十夜』には、漱石は本当に自分が見た夢を書いているのだろうと思わせるところがあり、そこに漱石の内面の「異常性」が映し出されているとみることも可能である。

『田園の憂鬱』に登場する主人公の体験は、まぎれもなく作者である佐藤春夫自身の体験であったが、彼はけっしてそれを、隠そうとしたり恥じたりはしていない。その反対である。自分がいかに比類のない芸術的天分に恵まれているかを誇示しているのである。鋭敏な感受性という自意識を、佐藤春夫は読者の前に提起したのである。

そしてその自意識のあり方は、当時の文学青年たちから熱烈に支持された。『田園の憂鬱』を、若者たちは、自分の感じ方や感受性が描かれているという共感をもって読んだという。たとえば梶井基次郎は、佐藤春夫を、自分たちにかわって自分たちの世代の感覚を表現してくれる代弁者として支持した。文芸評論家の臼井吉見、平野謙、山本健吉といった顔ぶれが、一様に成長過程のある時期、佐藤春夫に熱中した。十返肇《とがえりはじめ》にいたっては、中学四年生（旧制）のとき、家出して春夫のもとに押しかけたほどであった。一昔前なら、なんと異様なことと嫌悪されたはずのことが、いまは文学青年たちに憧れをもってみられている。これが書き手と受け手の両方をつつんでいる文化変容なのである。

5. 告白またはカミングアウト

佐藤春夫や萩原朔太郎の創作態度は、告白、またはカミングアウトである。それも露悪的な告白でありカミングアウトである。恥ずかしいことはふつうの人には書けない。いちばん書きにくいのは犯罪とセックスと精神異常だろう。自分はこれこれの犯罪を犯しましたとか、自分にはこれこれの性的嗜好がありますとか、自分は精神的にこういう変調をきたしましたといったことはとても書けない。それをあえて書くことが近代文学を発展させてきた。

最初に告白を文学に持ち込んだのは、一九〇六年に書かれた島崎藤村の『破戒』だった。『破戒』の最後のところで、瀬川丑松は子どもたちの前で謝罪する。不条理な社会制度に苦しめられた青年が自分から謝るのは筋違いだと思うが、丑松は自分の出自を偽りつづけてきたことを、自分自身にたいして謝っているのだろうか。それはともかく藤村はその後、告白という手法で次々と小説を発表していく。生い立ちを書き、家族や友人を書き、あげくのはては『新生』で姪を妊娠させたことまで告白した。考えてみると藤村の自意識は相当に異様だった。そしてそのことは当時の文学者仲間に認識されていた。

翌一九〇七年、田山花袋の『蒲団』が出た。『蒲団』は、自分のうちに潜む性欲を思い切って暴露した小説である。これ以後、明治大正の作家たちは、いままで隠していたこと、とても人には告げられなかったことを暴露告白するようになる。最初は自然主義の作家たちが「現実暴露の悲哀」などといって、人間性の醜悪な姿をありのままに描いた。やがて同性愛だの被虐趣味だのといった性的嗜好の告白がおこなわれる。藤村や花袋が道徳的に恥ずかしいことを描いたのに対して、谷崎潤一郎や三島由紀夫はマゾヒズムや同性愛を描いたのである。フィクションのかたちをとりながら、これはカミングアウトだった。告白という手法は大正から昭和にかけて近代日本文学のもっとも重要な手法となったのである。

それにしても島崎藤村はなみはずれた人間だったと思う。『若菜集』では男性が女性に対してあこがれるという、男尊女卑の風潮のなかでは気恥ずかしくてとても公言できないことを堂々と告白した。「初恋」はそういう詩である。してみれば藤村はよほど強烈な自意識の持ち主である。藤村はロマンチックな『若菜集』から、性的不道徳を暴露した自然主義の『新生』へと転向したのではなくて、実に見事に首尾一貫しているのである。

付言しておきたいことがある。それは鮎川信夫の島崎藤村評についてである。鮎川信夫は『新体詩抄』以来のこころみが「さまざまな曲折を経て、ようやく優れた結実をもたらしたのである」と評価している。わたしにもまったく異論はない。しかし藤村の詩の「新しさ」の性質について論じる段になると、とたんに鮎川信夫の口調は戸惑いがちになる。鮎川は次のように述べている。藤村の詩の調べは七五調五七調から脱しているわけではないし、その詩想をみても、東西のさまざまな詩から影響を受けたとみられるし、西行、芭蕉、蕪村はもちろんのこと、「漢詩から暗示を受けている詩句もかなり多く認められる」。そう述べて、そのあとの文章は賛否両論を掲げて、自分自身はどちらに与するとも明言しないまま終わっている。藤村の詩をどう評価するかについてはずいぶん曖昧なのである。この見方ははっきりいって物足りない。

6. どんな詩を書いても、自分をさらけだしてしまう

さて萩原朔太郎と佐藤春夫だが、もうあれこれ書く必要はないだろう。萩原朔太郎はたぐい稀なことばの使い手だった。そうであるが故に異様な自我の表出をなしえたのである。朔太郎に私淑していた三好達治には、朔太郎の詩法に学んだと思われる詩がいくつもある。たとえば連用形をつづけて使う手法は、代表作の「甃のうへ」に用いられている。

あはれ花びらながれ
をみなごに花びらながれ
をみなごしめやかに語らひあゆみ
うららかの跫音空にながれ

と最初の四行は連用形によってつながれている。

佐藤春夫は朔太郎以上にことばの魔術的使い手だった。佐藤春夫の文学は詩・小説・評論と広く、小説でもＳＦ、時代小説、「意識の流れ」などさまざまな実験をしており、それぞれの領域において見事な成果をあげている。しかしなんといっても彼は、近代の日本人にそれまでみたこともないような自意識を開示してみせた人なのである。

付け加えておきたいのは、詩を書くことはそれ自体が自己をさらけ出すことだということである。あなたが小説を書いたとしても、下手な小説だなあと思われるくらいですむ。しかし詩を書くばあいは、そんなものではすまない。この人はこんな人なのかと思われる。下手だとか上手だとかではすまない。詩を書くことは人格をさらけだすことなのである。こういうことを書くといやな気持ちになる詩人が少なくないと思うが、詩を読むと、背伸びした凡庸さを感じたり、思考力が弱いのではないかと感じたり、自己中心的だなあと感じたりする。それは詩の内容が想像であろうが、実体験であろうが関係ない。自分はこういうことを書いてしまったのですとさらけだしてしまう。それが詩を書くということなのである。

萩原朔太郎は詩を書くということを、そういうことに変えた最初の詩人だった。そして口語自由詩という形式が詩を書くことの意味の変化を可能にしたのである。

第六章　童謡と民衆詩　子どもの発見と民衆の発見

1. 童謡の誕生

一九二〇年を真ん中にする前後一〇年ほどの時代、つまり第一次世界大戦の戦中戦後期は、日本の詩にとって画期的な時代だった。口語自由詩が確立したなどという話ではない。詩をつくる側と、詩を受け取る側の双方を包む大きな変容があったといいたいのである。それが口語自由詩を生み出し、また童謡を送り出した。

一九一八年六月『赤い鳥』が鈴木三重吉によって創刊された。『赤い鳥』は芥川龍之介や有島武郎など著名作家の童話を掲載して評判になった。『赤い鳥』の童話は文学的詩情豊かで、それまでの子ども向け読み物とはたいへんちがっていた。子どもは不完全な大人ではない。子どもには独自の鋭敏な感受性がある。それはだれでも子どものときにはもっているが、大人になったらなくしてしまう感受性だ。子どもはそういう存在なのだから、教訓やしつけではなく子どもだけがもつ感受性に対して与えるべきものがあるはずだ。それを子どもに提供しなければならない。そういう考えから芸術性の高い作品が『赤い鳥』の誌面を飾った。

『赤い鳥』一八年一一月号に西條八十の「かなりあ」が掲載され、これはのちに曲がついた。やがて同誌には北原白秋が「からたちの花」「あめふり」「待ちぼうけ」などたくさんの童謡を書いた。『赤い鳥』の成功をみて、一九一九年に斎藤佐次郎によって『金の船』が創刊された。のちに『金の星』と改題されたが、こちらは野口雨情が「七つの子」「赤い靴」「青い目の人形」「シャボン玉」などの童謡を書いた。一九二〇年には『童話』が創刊され、『赤い鳥』から移った西條八十が「肩たたき」「鞠と殿様」などを書いた。

童謡の歌詞は美しい映像を想起させる。その情景は多様だ。雨が降って、お母さんが蛇の目傘で迎えに来るとか、赤い靴をはいていた女の子が異人さんにつれられていったとか、あるいは中国のことわざ「守株待兎」の由来をあらわす小さな物語とか。

なつかしい童謡をたくさん書いた北原白秋は、子ども時代の思い出が童謡のもとになっていると述懐している。白秋の第二詩集『思ひ出』（一九一一年）はまさにその子ども時代の小さな思い出の数々を故郷・柳川の風景とあわせて詠った万華鏡のような抒情小曲集である。たしかに『思ひ出』に収録された詩は、年月を経た後に童謡に鋳直される前の姿をあらわしているといえるだろう。その中の一編「青いとんぼ」の第一連は「青いとんぼの眼を見れば／緑の、銀の、エメロード、／青いとんぼの薄き翅／燈心草の穂に光る。」で、子どもの白秋はとんぼの大きな眼に見入っている。ところが子どもは残酷だ。最終連の二行は「青いとんぼをきりきりと／夏の雪駄で踏みつぶす。」である。童謡にするとしたら、残酷な思い出のところはきっと塗りつぶして書き直されるだろう。「赤とんぼ」は白秋ではなく三木露風の作詞だが、それもきっと子どものころの思い出がもとになっているのだろう。

夕焼、小焼の、
あかとんぼ、
負はれて見たのは、
いつの日か。

鈴木三重吉がはじめた童話と童謡の運動は、たちまち多くの人びとの賛同を得て広がっていった。二〇一八年は童謡誕生一〇〇周年に当たる。それを記念して日本童謡協会がイベントをおこなっている。

2.「七つの子」と「赤とんぼ」

童謡は詩人が自分の子ども時代の思い出のかけらをつくりかえて、子どもたちの共通の体験として提示する。とんぼの眼をじっと見たとか、ねえや（それとも母親か？）の背中におんぶされているときにとんぼを見たとか、そういう体験を一般化して表現する。童謡の歌詞はいろいろ解釈がわかれたり、説明がつかなかったりするが、多義的であってもかまわない。それを聞く子どもが自分の体験に寄せて解釈しているのである。

野口雨情が『金の星』に書いた「七つの子」は、どうして鳴くのかと尋ねられたカラスが、七つの子があるからと答える。この七つは七羽の子なのか七歳の子なのか。カラスは一度に七羽も子どもを産まないし、七歳にもなったカラスは立派な大人だしと考えたら、どっちにしてもつじつまが合わなくなる。

三木露風の「赤とんぼ」も、たいていの人は赤とんぼに追われたと誤解しているのではないだろうか。でも赤とんぼに追いかけられて逃げたなんて変だ。してみると主語は赤とんぼなのだろうかと思うが、追われてみたなんて赤とんぼはずいぶん余裕綽々《しゃくしゃく》である。本当は、おんぶされて見ているのである。これは誤解ですむが、それならおんぶしてくれているのはお母さんなのだろうか、ねえやなのだろうか。十五歳でねえやがお嫁に行ったあとで、お里の頼りがとだえたというが、そのお里というのはねえやの実家なのだろうか。三木露風は小さいときに母親が亡くなった。亡くなったお母さんの里からたよりがなくなったのだろうか。

子どものころの思い出は人生のなつかしい宝物である。大人になってとんぼをみても、はじめて灯心草の穂先にとまっているとんぼをみたときの気持ちはよみがえってこない。それを詩にするのが童謡である。

子どもは大人にない感受性をもっている。そう考えるところから童謡が生まれる。そうでなければ、子どもが歌う歌は昔からだれともなく歌い歌いつがれてきた「わらべ歌」か、または学校で先生の指導のもとで学ぶ「唱歌」か、そのどちらかである。「わらべ歌」は子どもの遊びでいろいろな動作とともに歌われることが多い。歌詞は素朴で、オノマトペを駆使して、おもしろおかしい内容である。「唱歌」の歌詞にはしばしば国民道徳がすべり込まされている。「いつかこころざしを果たしたら、故郷に帰ろう」などと歌うように。きらびやかさや、子どもらしい空想や、わくわくするような楽しさや、そして音楽性や、「わらべ歌」と「唱歌」の、そのどちらにもないものが童謡には豊かにある。

3．子どもの発見と童心主義の童話

子どもの自分と大人になった自分はものごとに対する感じ方が違う。子どものときあんなにわくわくしたのに、大人になるとその感動がよみがえってこない。大人になることで、なにかを喪失したのだ。そう考えるところに童謡が成り立つと思うのだが、これは童謡とほぼ時をおなじくしておこった童話もおなじことで、童話のばあいは作家たちがもっと自覚的だった。童心主義という考えがそれをあらわしている。前章で萩原朔太郎と佐藤春夫を並べて論じたように、今度は小川未明を取り上げてみたい。

小川未明の最初の童話集『赤い船』が刊行されたのは一九一〇年（明治四三年）のことだった。その後『星の世界から』『金の輪』が出された。未明童話の傑作「赤い蠟燭と人魚」がおさめられているのは、一九二一年（大正一〇年）に刊行された四冊目の童話集である。未明は八〇〇編をこえる童話を書いたが、「赤い蠟燭と人魚」はその中でも傑作である。この四番目の童話集は、集中の作品の中でもっともすぐれた出来ばえのものの作名を取って、『赤い蠟燭と人魚』と名付けられた。

「赤い蠟燭と人魚」には、未明が好んだ主題がよく表現されている。まごころを裏切る金銭欲、奉仕をふみにじる利己心、といったことにたいする悲しみと、激しいいきどおりが表現されている。純情な人魚をひどいめにあわせた人間たちは、その後、無数の海難にみまわれ、村全体が滅びる。なんとも過酷な結末である。だいたいにおいて未明の童話の基調は暗いのである。その暗さは、アンデルセン童話の暗さによく似ていて、そのため小川未明は日本のアンデルセンといわれたりする。人間性にたいする不信を美しい幻想の底によどませた暗さである。

時間を少しばかりさかのぼるが、近代日本の創作童話は巌谷《いわや》小波《さざなみ》の「こがね丸」(明治二四年)をもって嚆矢《こうし》とする。小波の子ども向け読み物は「お伽噺」と呼ばれたが、これにたいして、大正時代になると、未明らの文学は「童話」と名づけられた。童話はお伽噺が連れて行ってくれることのなかった世界へ、子どもたちを導いたからである。冒険や努力ではなく、やさしさと情緒の世界である。それは同時に新しい子ども像の世界だった。そして、もっともくっきりと、そうした考えをうちだしたのが小川未明だった。

童話の提唱者は、子どもはけがれのない純真な魂をもっている、けれども人間は大人になる過程でそういう性質を喪失していく、だから子どもこそ、真に人間らしい魂をもっているのだと考えた。童心主義といわれる思想である。
小川未明は、子どもだけが本当に自由なのだと考えた。本当に自由だからこそ、子どもは、心の底から感動したり、本当の勇気を発揮したり、真の隣人愛を感じ取ったりできると考えた。子ども時代は、人間の本当の良さが開花するたったひとつの短い時期なのだった。未明は次のように書いている。

……人間はどんな者でも、生れた時は、何ものにも囚はれてゐない、真に自由な心を持ち、自由な生活を営むやうに出来てゐるのであります。其れが次第に、不自由を感じて来るに従つて、一つの観念に捕へられて、自から、この世の中が自由にならないものだと思ふに至るのです。

童心主義の童話が画期的だったのは、それがいわば「子どもの発見」だったからだった。大正という時代は、子どもが発見された時代だった。子どもには子どもだけの、固有のこころの世界がある。子どもはただ、未熟でものの道理が分からないのではない。子どもの世界と大人の世界との間には断絶がある、というわけだ。そういうことがはっきりと意識された。認識の風景のなかに占める子どもの姿が、おおきく描きかえられようとしていたのである。

子どもが大人になるということは、是非善悪を身につけ、読み書きをおぼえ計算を習い、身の回りの人たちの関係を理解し、というように、人間の能力が、じょじょに連続的に拡大発展していくことではない。子どもが大人になる途中には重大な断絶がある。子どもは大人になるあいだに、かけがえのない美しい心性や感受性を失ってしまうのだ。大人とは、たんにそれを喪失しただけの存在ではないのか。そういうかたちで、子どもが発見された。

童話とおなじように、詩も子どもを発見した。さかんに童謡が書かれ童謡はしっかりしたジャンルに成長したのである。わたしにとって懐かしい童謡といえば、「ぞうさん」「ちいさい秋みつけた」「山口さんちのツトム君」「メトロポリタン美術館」「北風小僧の寒太郎」「おもちゃのチャチャチャ」などだ。子どもがちいさいときにＮＨＫの「みんなのうた」で放送していた曲が多い。念のため作詞した人をあげておくと、歌の順に、まど・みちお、サトウハチロー、みなみらんぼう、大貫妙子、井出隆夫、野坂昭如である。

4. 詩人の個性の開花が子どもという個性の発見の前提にある

詩は子どもを発見する。しかしもともと詩は知識階級のものだったので、近代詩は極めて知的な発展コースをたどった。幕末の政治詩から、西欧志向の新体詩へ、そして新体詩から口語自由詩による個性の発見へとすすみ、そのときようやく子どもが視野に入ってきた。

一九二〇年を真ん中にする前後一〇年ほどの時代、つまり第一次世界大戦の戦中戦後期は、日本の詩にとって画期的な時代だった。詩人たちは、それまでだったら忌避されそうな体験であっても堂々とひけらかすようになり、まるで何かから解放でもされたかのように、奔放な空想を難解な詩に書きはじめた。それまでに蒲原有明や薄田泣菫や北原白秋や三木露風が書いていた象徴詩も想像の産物だったが、主体である詩人自身は理知的で常識的なコミュニケーションに配慮していた。だから上田敏の訳詞はわかりやすいし、北原白秋にいたっては童謡も書くことができたのである。象徴派の詩作の地盤は読者と地続きだった。ボードレールがいう「万物照応」は、日本の象徴詩人にとっても詩作の羅針盤だったが、孤立した個々の詩人と森羅万象との交感を意味するのではなく、読者も含めての共同的な交感だったといえばいいだろう。白秋の『邪宗門』を読んでも泣菫の『白羊宮』を読んでも、詩人の発想そのものに違和感はない。親しめるのである。

ところが一九二〇年代末以後に詩を書きはじめた西脇順三郎や瀧口修造は読者に理解されないことを意に介さない。そして読者もそれを許容するようになっていく。詩人の個性ということの概念が変化しているのだ。だから彼らの詩は非常に難解である。シュルレアリスム運動の中心にいた西脇順三郎は『月に吠える』を読んで、はじめて日本語で詩を書きたいと感じたという。年譜を見るとこのとき西脇は二七歳だったが、それまで西脇は外国語で詩作していた。

その第一詩集『Ambarvalia』が刊行されたのは一九三三年であるから、それから一三年ほどもたっている。『Ambarvalia』に収録された詩には、魚だとかガラスだとか宝石だとか三色菫とかデュオニソスとか、動植物から神話の神まで、たくさんのものが登場する。カルモヂインとかタナグラとか、にわかにはわからない外国語も登場する。そのことばが指示する画像を思い浮かべながら読むと、短い映像をみせられているような気持ちになる。たとえば「雨」という詩は次のようである。

南風は柔い女神をもたらした

青銅をぬらした　噴水をぬらした
ツバメの羽と黄金の毛をぬらした
湖をぬらし　砂をぬらし　魚をぬらした
静かに寺院と風呂場と劇場をぬらした
この静かな柔い女神の行列が
私の舌をぬらした

この詩は作者と自分が、まだかろうじておなじ地面の上に立っていると感じさせる。柔らかい女神は、おそらく雨か霧のことだろう。青銅、噴水から、風呂場、劇場と単語を並べてみると、場所は古代ギリシアだろうかと想像ができる。ところがその他の詩の多くは理解不能だ。次に引くのは「ガラス杯」の最初の四行である。

白い菫の光り
光りは半島をめぐり
我が指環の世界は暗没する
灌木のコップの笑い

作者は読者と交感できない閉じられた世界にもぐり込んだかのようである。まるで、自動書記のようにして、ことばが無作為に選び取られているように感じる。

5. 民衆の発見

少し先走ってしまった。童心主義の童話にもどろう。

未明は、純粋なまごころ、貧しい人への同情、ひたむきな奉仕を、心をこめてほめたたえた。しかし、それらは結局は裏切られるほかないと考えていた。ちょうど子どもが、いつも大人のいいなりにされてしまうように。あるいは、子どもはその純粋なこころの世界をながくたもつことができず、やがてかならず大人になってしまわなければならないように。だからそこにはいつも哀切な響きがともなっていた。

それでは、いったい何が、人間のこころを汚してしまうのだろうか。未明は文明が人間のこころを汚すのだと考えた。たとえば教育について次のように語っている。

教育は、小供の美しい、幻想を失はせるばかりでなく、すべての幻しといふものを破壊してしまひます。小供の可愛らしいのは、其のロマンチックな処にあるのです。常に、生々としてゐる処にあるのです。其れを早くから失はせるのが、今日の科学尊重の教育と、人間を都合のいゝ、型にはめようとする間違つた、主義に立つ教育なのであります。

この文では教育だけが槍玉にあげられている。しかし「教育」とは、たんに学校制度としておこなわれている社会的教化の機能だけをさしていたわけではない。むしろそれを動かしている社会全体の機構や価値観のシステムそのものが「間違った主義」に立ってて、それこそ、本当に人間を堕落させているものだった。つまりこれは産業文明批判の立場である。なぜ産業文明は批判されなければならないのか。それは人間の心にひそむどん欲なエゴイズムが産業文明をうごかしているからである。産業文明は必然的に社会の不平等をもたらし、「富国強兵」をかかげる国家をつくりだす。それが資本主義社会である。そして人間の素朴さや純良さにたいして、無惨な、むくわれない運命を強いるのである。

一九二〇年代は資本主義社会への批判が高まった時代だった。詩の世界では、この時代に登場して読者の支持が広がった福田正夫、白鳥省吾、百田宗《そう》治《じ》ら民衆詩派の人たちが同様の立場に立っていた。彼らはウォルト・ホイットマンやエドワード・カーペンターの詩や思想に共鳴していた。トルストイ思想に心酔した加藤一夫もこの人びとに近かった。ホイットマン、カーペンター、トルストイと並べると、いかにも大正期であるが、当時の思想でいうと直接行動派でないアナーキズムの香りがする。アナーキズムはマルクス主義とのたたかいに敗れたし、一九三〇年代にはちりぢりになって軍国主義にのめり込んだ人が多いうえに、幸徳秋水が処刑されたり大杉栄が虐殺されたりして一般には暗いイメージがあると思う。しかしその実像は、今日の市民社会の理念にいちばん近かったと思う。アナーキズムは社会の自律性に信頼をおき、権力による組織化ではなく自己組織化をめざす。国家に頼らずに民衆が自分たちの力で社会システムをつくりだす。自分たちだけで自足した社会システムをつくる。出発点の個人は衣食住を自分の力でつくる。それがあつまって小さな集団の自給自足をめざす。平和的で明るい。アナーキズムはそういう思想だった。

文化学院という学校がある。自由で創造的な教育をかかげて、一九二一年に、西村伊作、与謝野鉄幹、与謝野晶子、石井柏亭、山田耕筰らによって設立された。加藤一夫は文化学院の設立に参加した詩人である。一九一七年に『土の叫び地の囁き』で民衆詩派の詩人として出発し、アナーキズムから農本主義にと思想の転向をくぐっていく人物である。加藤一夫はトルストイに傾倒し、汎労働主義の生き方を理想としていた。仕事と芸術活動の両立をめざし、郊外に住んで、一日の労働の半分は自分の食べる野菜をつくり、半分は雑誌編集の仕事をし、夜は読書と創作にあてるという生活をしていた。加藤は与謝野夫妻と交友があり、与謝野家をたずねては「半農生活」について語った。かたわらで聞いていた子どもたちが半農生活をするのだといって、家の裏の空き地に花や野菜の種をまいて育てたこともあった。

6. 民衆詩派の叙事詩

百田宗治の詩を少しみてみよう。「翼を失った天使の物語」は二〇〇行を超える長編詩である。地上に落ちた天使が自分の目で見た人間の生活を語るという内容で、空から見ていると田園風景の中で人びとは楽しげに愛し働き暮らしていた。ところが翼を失って地上に落ちると、空からみていたのでは想像もつかない状態だった。やかましい工場の騒音や激しく競り合う人びとの罵り声や、貧困にあえぎギスギスした底辺のくらしが広がっていた。そんな内容である。

オヽ、人々はなほそこで生活するのです、
なほそこで生きようともがくのです、
日の光の差し込まない部屋部屋、
降り続く雨、
じめ〱した、腐敗したやうなものゝ匂ひ、

（中略）

音楽もない、微笑もない、
画策もない、智慧もない、あらゆる光を失つたこの地上の一部分、
オヽ、私が天上から覗き見たそれは何だらう？
私は信じてゐる、私の見たそれらが決して虚妄のものでないことを、この地上は美しく、荘麗（ママ）で、力に充ち、歌声に充ちたものであることを、

（後略）

民衆詩派の詩はわかりやすい。率直なものいいで、いいたいことがまっすぐに伝わってくる。文学的洗練という面では物足りないが、大衆的な人気が出ても少しもおかしくな

い。実際、彼らの詩集はよく読まれたのである。民衆詩派は社会主義の弾圧、マルクス主義との闘争、軍国主義の支配といったことがなければ、戦前戦後を通じて日本の詩のもっとも大きな流れになることだってあり得たのではないかと思う。象徴派のような難解さはないし、プロレタリア詩のような内向きの暗さもない。かいかぶりかもしれないが、ヒューマニズム、明快さ、大衆性の三点において、民衆詩派は日本の主流をなしてきた抒情詩にはない独特の輝きをもっているのである。

7. 民芸の発見

用の美ということばがある。民芸運動の理念をあらわす中核概念である。日々の暮らしで愛用されている手仕事の雑器には日常の用に供されているものの持つ独特の美しさがあるというのである。茶碗、たんす、のれん、手ぬぐいなどなど。

民芸運動は一九二〇年代の後半にはじまった。運動をはじめた柳宗悦は、一九二六年、陶芸家の富本憲吉、濱田庄司、河井寛次郎と四人の名で「日本民藝美術館設立趣意書」を出した。それが民芸運動のはじまりだった。柳宗悦は白樺派の同人であり、若いころウォルト・ホイットマンの思想に深い影響を受けた。

柳宗悦は、独特の美意識の持ち主だった。木喰仏の美しさにひかれて全国を回って詳細な調査をおこなったり、朝鮮の陶磁器の美しさにひかれて何度も朝鮮を訪れたりした。おもしろいエピソードがある。一九二三年の関東大震災で柳は京都に転居したが、京都の朝市に足繁く出かけ、「下手《げて》もの」といわれていた安物の雑器をこまめに集めていた。やがて朝市の商人たちは柳のために、柳好みの雑器を取りのけておくようになったという。

一九二六年に書かれた「雑器の美」いう文章の中で、柳は下手ものに寄せる彼自身の思いを散文詩のような美しい文章で表現している。

> それは貧しい「下手《げて》」と蔑まれる品物に過ぎない。奢る風情もなく、華やかな化粧もない。作る者も何を作るか、どうして出来るか、詳しくは知らないのだ。信徒が名号を口ぐせに何度も何度も唱へるやうに、彼は何度も何度も同じ轆轤の上で同じ形を廻してゐるのだ。さうして同じ模様を描き同じ釉《くすり》掛けを繰返してゐる。美が何であるか、窯芸とは何か。どうして彼にそんなことを知る智慧があらう。だが凡てを知らずとも、彼の手は速やかに動いてゐる。名号は既に人の声ではなく仏の声だと云はれてゐるが、陶工の手も既に彼の手ではなく、自然の手だと云ひ得るであらう。彼が

美を工夫せずとも、自然が美を守つてくれる。彼は何も打ち忘れてゐるのだ。無心な帰依から信仰が出てくるやうに、自ら器には美が湧いてくるのだ。私は厭かずその皿を眺め眺める。

無名の陶工が来る日も来る日も同じかたちの器をつくることと、念仏宗徒がくり返しくり返し唱える名号を並べて、柳はこのふたつをおなじ性質の行為としてとらえている。これはホイットマンなどに通じる柳の思想の特徴であるが、どうして手仕事のものづくりが宗教的な聖性をおびるのだろうか。それは無名の陶工の手仕事が、他者の「用」に奉仕するための労働だからである。美とは何かとか窯芸とは何かなどということは知らなくても、「彼の手は速やかに動いてゐる」のだ。

「用」は民芸の中核価値だが、この「用」と「利」とを対比すれば、柳の文章ににじみ出ている名もない民衆への愛情や親しみと妙好人のようなつつましい宗教性と、民衆詩派の詩人がしめした社会主義への志向や政治的な戦闘性が、決して水と油のような関係ではないこと、その両者の間には共有の基盤が存在することに気づかずにはいられないだろう。柳は近代の資本主義的機械制生産が優位を占めつつある産業化の滔々たる趨勢のなかで、資本主義的機械制生産が滅ぼそうとしているものを愛惜したのである。民芸という価値は、飾られ、鑑賞され、秘蔵される高価な美術品と、使われ、触れられる安価な日常の什器とを対比するだけで生まれたものではない。それならば、茶の湯の名人が何百年も前におこなったことだった。柳が意味を認めたのは、無名の職人の手で、ただ人の使用に供するだけという素朴な目的でこしらえられたものが、そうだからこそ美しく感じられるという因果関係だった。資本主義的機械制生産も鑑賞のためではなく、とりあえずは用のために生産しているとはいえる。しかし資本制生産が無名の職人の生産と決定的にちがうのは、その根本に自己の「利」という貪欲な動機が潜んでいることである。だからそれが生産するものは「粗製濫造」であって、けっして美しくない。柳はそう明言している。要するに、他者の用のための勤労こそ美の根拠なのだった。

8. 福田正夫の『高原の処女』

北原白秋は民衆詩派を目の仇にして、はげしいことばで批判した。ことばが緩んでいる。改行しなければ散文と変わらない等々、芸術的価値は無に等しいといわんばかりの攻撃だった。日夏耿之介も同様の批判を浴びせている。

しかし正しい評価だったとは思えない。批判する側も防御する側も、詩の概念が狭すぎるのである。批判された福田正夫らはすぐに反論したが、はなはだ煮え切らない反論だった。彼らは詩を民衆に近づけるだの、労働者や農民の心情に即した詩をつくるだのいうことを論拠にしたが、そんな必要はなかった。民衆詩派の中心人物だった福田正夫には何編もの長編叙事詩がある。そのうちの『高原の処女』と『嘆きの孔雀』の二編は映画化された。非常に人気が高かったのである。叙事詩と抒情詩はちがう。叙事詩はわかりやすくなければならない。そして簡明な主題がなければならない。文学的洗練など詩の価値を構成するひとつの要素でしかない。福田正夫の長編叙事詩は口語で書かれた近代の浄瑠璃だった。浄瑠璃は人形文楽と歌舞伎で劇化され、福田正夫の二編は映画化されたのである。

『高原の処女』は一九二二年に新潮社から刊行された。ここにその冒頭の二連を書き出してみよう。こういう文章が、二五〇ページほどにわたって続くのである。ストーリーは小さな娘と心中をくわだてていた薄幸の母が、死に処を求めて乗った汽車の場面からはじまる。おなかをすかせた娘が食べ物を求めるが、母はなにも与えるものがない。するとそれを見ていた男が食べかけの弁当を与える。母は感謝する。しかしそれが恐ろしい罠だった。読んでみると、おそらく読者は、映画か演劇のシノプシスをみるような印象を持たれるのではないかと思う。

いまから十数年前、
ある寂しい夜であつた、
悲しい母はその子の手をとつて
雪をついて走る列車の
片隅に人目を憚つてゐた。

貧しい者がする、
その世を憚ることの寂しさよ、
そこに母は古びた羽織に、
破れた着物をつゝみ、
ぢつとうなだれて胸を抱き、
破れた心に
寂しく思ひつめてゐた。

（後略）

叙事詩はストーリーをうごかす主題が決定的に重要である。民衆詩がどんな主題を好んで扱ったかというと、実はその時期の通俗小説とまったくおなじである。加藤武雄、中村武羅夫、三上於菟吉、吉屋信子、小島政二郎ら、そのころの流行作家たちは、愛し合う男女が、引き裂かれひどい目にあいながら、最後まで愛を貫くというテーマを頻繁に取り上げた。愛なき結婚、望まない肉体関係、奪い取られる子ども、転落など、ヒロインは散々な目にあいながら、決して愛を棄てないのである。

『高原の処女』のばあいはどうかというと、こちらは悲しい純愛物語である。弁当を与えてくれた男は怪しげな宿を営んでいた。そこに身を寄せた母は娘が可愛い一心で、どんな恥辱にも耐える。しかしまもなく病を得て亡くなってしまう。残された娘は美しい少女だったので、宿屋の主人夫婦は彼女をいずれ金のなる樹になると見込んでこき使いながら育てる。あるとき娘は母の菩提寺で療養に来ていた青年に出会う。青年も母とおなじく結核に病んでいた。いつしか二人は惹かれあうようになるが、あるとき青年は家に戻ってしまった。娘はやっと青年の居所を探し当てるが、そのとき青年は死の床にあった。再会した翌日、青年は息を引き取る。娘も病に倒れてしまう。そして青年の後を追うようにして、娘も死んでしまう。実は二人は異母兄妹であった。父親はふたりをひとつの骨壺に入れて、手厚く葬るのであった。

民衆詩のテーマは、一足早く大流行し芸能の首座に躍り出た浪花節とはまったく違っていた。浪花節は義士もの、義侠ものを中心として、忠孝と義理人情を説いたのである。今日の民衆詩派に対する評価は不当に低いというしかない。一九二〇年代の民衆詩は浪花節ではないオーソドックスな形式の叙事詩を確立しようとした最初で最後の試みだった。民衆詩派の本当のライバルは芸術派の詩人たちではなく、浪花節語りの人びとだったのである。

一〇年ほどの短い期間だったが、民衆詩派は、一時期は詩壇でもっとも優勢な勢いを誇っていたことさえあるのである。もしも一九三一年の満州事変によって民衆のあいだに軍国主義への喝采がおこるようなことがなかったら、その後の歴史で軍靴が政治だけでなく市民生活のまったただ中を踏みにじるようなことがなかったら、民衆詩は映画や演劇や流行歌に太いつながりをつくったかもしれない。あるいは新浪花節ともいうべき分野ができたかもしれない。そうなっていたら、今日のわれわれの詩の概念そのものが大きく変わっていただろう。

第七章　詩と詞

1. 歌われる詩

詩とは何かということを考えるとき、曲がつき歌われることを除外して考えてはならない。なにしろボブ・ディランがノーベル文学賞を受賞したのである、というのは半分冗談だが。

詩人の菅原克己は愛唱する詩はと聞かれて、真っ先に思い出すのは子どものころ聞いたり歌ったりした歌だといって「風」をあげている。「誰が風を見たでしょう」ではじまる歌である。クリスティナ・ロゼッティ作、西條八十の訳詞、作曲は草川信である。菅原克己は一九一一年に生まれた。おそらく小学生だったのであろう。「根津山の林の中で友だちと写生をしながら、この歌をうたっていた。まったく、イングランドも、雑司ヶ谷裏も区別がなく、緑がひるがえるなかに、歌と少年と作者が雑居していたようなものだった」と菅原克己は回想している（鮎川信夫他『現代詩との出合い』思潮社）。

そうして菅原は「風」のほかに「命短し恋せよ乙女」（「ゴンドラの唄」吉井勇作詞・中山晋平作曲）だの、イタリア民謡の「歌はチリビリビン」だの、浅草オペラでエノケン（榎本健一）が歌った「ベアトリ姉ちゃん」だのといった歌を次々とあげている。そして「ぼくが詩を書くようになった原因の一つには、まったくこんなように流行歌が好きだったところにあるのだろう」と、このテーマをしめくくっている。

菅原克己と同様の体験はわたしの少年時代にもあったはずだと思うが、わたしがしみじみ良いなあと感じたのは、まど・みちおの「ぞうさん」とかサトウハチローの「ちいさい秋みつけた」だった。ただしこれらはどちらも高校生くらいになってからのことだった。「ぞうさん」も「ちいさい秋みつけた」も、歌そのものはもっと小さいときから知っていたのだが、良いなあと感じるようになったのは高校生くらいだった。なにかの拍子にふとメロディが浮かんでくると、きまって胸が涼しい風に吹かれるように感じたのだった。とにかく、わたしは流行歌の歌詞は現代詩の重要な分野としてとらえるべきだと考えている。詩と詞を区別する必要はない。というのが、わたしの考えである。

西條八十はフランス文学者としてよりも象徴詩の詩人としてよりも、やはり作詞家として有名である。西條八十ははじめ童謡の歌詞を書いていたが、昭和初年から作詞家として活躍しはじめた。「東京行進曲」「侍ニッポン」「銀座の柳」などヒット曲を連発し、戦後も「青い山脈」など数多くのヒット曲を送り出した。「昔恋しい銀座の柳」とだれでも知る風景をみせておいて、「あけりゃダンサーの涙雨」とそこで久しく働くダンサーの思いを差し出す。的確なことばをえらんで風景を浮かび上がらせ、その景色に喜怒哀楽の情をのせた。

2. わたしの経験　歌がメッセージを発した時代

菅原克己の回想を読んでいて、わたしは菅原克己が子どもだった一九二〇年代とわたしが子どもだった一九六〇年代では歌謡曲の役割がずいぶん違っているということに思い当たった。菅原とわたしは生まれ年がちょうど四〇年ちがう。その四〇年間でなにがちがうかといえば、第一に思いつくのはやはりテレビラジオのことである。ラジオ放送が始まったのは一九二五年であり、テレビ放映がはじまったのは一九五三年だった。菅原はラジオやテレビで歌を聞かなかった。わたしは小学校五年生のときに級友に教えられてアメリカンポップスを聴いていた。テレビの歌番組もときどき見ていた。だがそれよりなにより大きな違いは、歌詞の中身である。

唐突にいうが、西條八十の詞に社会変革を求めたり自己変革をうながしたりする類いの主張があるかというと、にわかには思いあたらない。流行歌は聞く人の心をなごませたり、うっとりさせたりするが、革命歌や軍歌とちがって人を行動に駆り立てたり奮い立たせたりすることはない。歌の主流は流行歌であって、革命家や軍歌や労働歌は歌の中ではとびきり少数派のジャンルである。そして詩の中でも曲がついて歌になるのは、島崎藤村の「椰子の実」や北原白秋の「からたちの花」のように口ずさみやすい抒情詩である。

では変革を主張した流行歌はないのかといえば、もちろんそうではない。なんといっても真っ先に思い浮かべるのが、六〇年代前半におこったフォークソングである。フォークソングは、歌詞に強いメッセージ性をもたせて流行歌の世界に衝撃をもたらした。これは流行歌が強いメッセージ性をもった最初のできごとだったのではないだろうか。最近のラップなどもメッセージを運ぶには最適の音楽だろうが、あまり注目されていないし、それはおいておこう。フォークソングのばあい、アメリカでウディ・ガスリー、ＰＰ＆Ｍ、ボブ・ディラン、ニール・ヤングなど。日本では高石友也、五つの赤い風船、高田渡、岡林信康、忌野清志郎などが、反戦、平和、差別について訴えた。プロテストソングである。

わたしが中高校生だった六〇年代後半は、若者文化が台頭してカウンター・カルチュア（対抗文化）になった時代だった。若者の間には大人社会の既存のしきたりや価値規範を打破しようとする気風がみなぎっていて、ほんのちょっとしたことにも変革の意味が付与されかねなかった。たとえばミニスカートをはじめたイギリスのデザイナーのマリ・クアントはミニをデザインした理由を聞かれて「大人になりたくないから」と答えた。大人に対する反抗と批判をこめてのことである。ミニスカートは大流行して、はじめはハイティーンのファッションだったが、またたく間に年上の世代にも広がっていき、四〇代五〇代の女性が丈が膝上一〇センチのスカートを着用するようになったものだった。

表層文化は揺れる。それが流行をつくる。流行は入れ替わる。だからミニスカートの大流行を既存のしきたりや価値観に対する反抗のあらわれなどと大真面目で解釈するのは愚かなことである。しかし文化の中下層まで降りていけば、中長期的に変わらぬ大きな流れにたどり着く。たとえば性行動はそのひとつである。六〇年代中ごろまでは見合い結婚を支持する人びとが恋愛結婚を支持する人びとを上回っていた。だが一〇年ほどの間に多数派は逆転する。婚前交渉は絶対不可という人の割合が目立って減少したのもこの時期である。いまや恋愛結婚と婚前交渉は至極当たり前である。

一九七三年にリリースされた南こうせつとかぐや姫の「神田川」は、だれもが同棲カップルの歌として聞いていただろう。まさか新婚カップルの歌と思った人はいなかっただろう。「若かったあの頃、何も怖くなかった／ただ貴方のやさしさが怖かった」というのだから、結婚も結婚の約束さえもしていないのだ。

一九六〇年代後半から七〇年代前半にかけての時期は、流行歌の歌詞が詩の領域に踏み込んできた時代だった。それまでの流行歌は「いのち短し／恋せよ乙女／赤きくちびる／あせぬ間に」（「ゴンドラの唄」吉井勇作詞）のように、普遍一般的な、あたりさわりのないメッセージを届けるばかりだった。ところが六〇年代後半以後の歌詞は、生き方を変えろと迫ってくる。吉田拓郎は、僕の髪が肩まで伸びたら、約束どおり結婚しようよ、とうたった。見合い結婚がふつうだった年上の世代には、これはとんでもない歌詞だった。当然それを支持するのは特定の層にかぎられる。新体詩ではこういうメッセージをうたいあげることはできないだろう。

3. わたしが感動した詩　与謝野晶子と賀川豊彦

わたしはザ・フォーク・クルセダーズの「帰って来たヨッパライ」が好きで、よく聞いたし口ずさんだ。ザ・フォーク・クルセダーズはまもなく解散してしまったが、そのメンバーだった北山修、加藤和彦、はしだのりひこの音楽には目が、いや耳が離せなかった。

いま名前をあげた人々はシンガーソングライターである。自分で詞をつくり自分で曲をつけ自分で歌い自分で伴奏する。その歌詞はわたしの感覚にぴったりだった。とんがった個の主張があった。わたしは音痴で、音楽はそれほど聞いたわけではない。むしろ文学少年だった。それなのにわたしは詩より歌に惹かれた。彼らの歌詞はうまいなあと感じた。そのころはそれが詩だとは思っていなかったが、やがて詩だと考えるようになった。そして詩はあまり読まなくなっていたから、わたしの中の詩の世界はシンガーソングライターによって占領されたような状態になった。

「花嫁」は一九七一年にリリースされたはしだのりひことクライマックスの曲だ。「命かけて燃えた／恋が結ばれる／何もかも捨てた花嫁／夜汽車にのって」。文学的洗練という観点からいえば、なんということもない詞だ。しかし、である。わたしは一九七三年に親の反対を押し切って結婚したからいうわけではないが、こういう詞に励まされもし勇気をもらいもしたのである。

現代詩でプロテストフォークにひけをとらないような強烈なメッセージを発した詩があったか。おそらくその答えは世代によってずいぶん違うだろう。わたしはどうかといえば、思いつくのは峠三吉の「にんげんをかえせ」であろうか。「ちちをかえせ　ははをかえせ」ではじまる、これは原爆詩である。この詩には曲がついたと思うが、どんなメロディだったか知らない。とにかく曲なしで、このうえなく強い印象をうけたのである。ほかにないかといえば、戦後詩で思い浮かぶものはどうやらないようである。

戦前の詩ならいくつかある。第一にあげたいのは与謝野晶子の「君、死にたまふことなかれ」である。第一連三行目からの、

末に生まれし君なれば
親のなさけはまさりしも
親は刃をにぎらせて
人を殺せとをしへしや

のところで、わたしはいつも息が詰まりそうになる。宮沢賢治の「雨ニモマケズ」と、金子みすゞの「わたしと小鳥と鈴と」もいい。賢治は「ミンナニデクノボートヨバレ／ホメラレモセズ／クニモサレズ／サウイフモノニ／ワタシハナリタイ」と大地の片隅をてらす決意を語る。金子みすゞは「みんなちがってみんないい」と異なるものの平等なうけいれ

を表明する。

宗教家の詩にも心うたれるものがある。わたしはいたって無信心な人間だが、内村鑑三が「美とは真理が感情に現はれたる者」とし「歌は霊魂の声である」と述べている文章を読むとき、宗教心は詩心をともなうものなのだと痛感する。内村鑑三には詩についてのエッセイとともに、訳詩集『愛吟』がある。訳詞といっても内村は大胆に原詩を削ったり翻案したりしているのだが、それはともかく『愛吟』には内村の思想の軸が通っていて、感動させられる。

貧民街の聖者といわれた賀川豊彦も内村鑑三と同じように宗教や社会改造についての大量の著作をものした。そのなかには大部な貧困研究もあれば、一大ベストセラーになった小説もあり、童話も詩もある。賀川豊彦の詩は技巧も工夫もない一本調子の詩だが、その詩には思想と実践行動のうらづけがあり、有無をいわせぬ迫力を持って迫ってくる。わたしが愛するのは妻ハルに送った「妻恋歌」と題する詩である。この詩は伝道のためアメリカ滞在中にハルの誕生日のお祝いに送った詩である。はじめての出会い以来、四〇年近くにわたってともに歩み活動してきた道筋を振り返って愛を語る。読んでいると鼻の奥がツーンとする。

わが妻恋しいと恋し
三十九年の泥道を
ともにふみきし妻恋し

工場街の裏道に
貧民窟の街頭に
共に祈りし妻恋し

憲兵隊の裏門に
未決監の窓口に
泣きもしないでたたずみし
わが妻恋しいと恋し

（後略）

日本の詩壇は芸術性を重んじる傾向が強いが、詩は芸術性とともに、思想や実践を盛り込むことができる器である。内村鑑三や賀川豊彦の詩に感動するのは、詩が凛《りん》とした姿勢とひたすらな行動によって裏打ちされているからである。

横道にそれてしまったが、とにかくいまさらのように思うのは、詩に曲がつくと非常に強い印象をあたえるということである。

それにひきかえ現代詩は弱くなったとつくづく思う。存在感がちいさくなった。戦前の歌謡曲はあたりさわりのない歌詞ばかりだった。個性の光で断然輝いていたのは詩のほうである。一九六〇年代以後になって、やっと歌詞は自己主張を盛り込むようになったのに、今度は肝心の詩人たちが冴えない。

わたしは前々からいわゆる芸術派の詩人たちの詩論に違和感があった。浩瀚《こうかん》な日本近代詩史を書いた日夏耿之介や啓蒙的な詩論を書いた三好達治など、芸術派には論客がそろっている。だがよく読まれた三好達治の『詩を読む人のために』(岩波文庫)を開いてみると、どうしたことか、わたしがもっとも愛唱した詩人は島崎藤村、北原白秋、萩原朔太郎くらいで、賀川豊彦はもちろん、与謝野晶子も宮沢賢治も名前さえあがっていない。詩の概念が狭すぎるのである。それとともに、これはこの後に述べるが、詩人の役割そのものについての考察が足りないのである。

4. 阿久悠と伊藤比呂美

阿久悠はフォークソングのシンガーソングライターとは、まったく違う道筋をとおって作詞家になったのだが、やはりプロテストフォークと同じように印象的で強いメッセージを込めた歌詞で一世を風靡した。たとえば別離はよく取りあげられたテーマだったが、それまで別れといえば「涙」や「悔恨」が出てくるのが決まりきったパターンだった。ところが阿久悠の手にかかるとまるでちがった。阿久悠は「また逢う日まで」で、きっぱりとさわやかに別れる別れ方を提案した。

おかしいかもしれないが、戦後の詩のなかで、生き方を変えるメッセージで心をうごかされた詩人はだれかと聞かれたら、わたしは阿久悠をあげたくなる。阿久悠はピンク・レディーに、男の子のナンパの上手下手をためすような女心をうたわせた。愛のことばをささやかれた女の子が恥ずかしそうにするのではなくて、手練手管で口説いてくる男の子にもっと良い気持ちにさせてみてよと要求するのだ。口説かれる少女ではなく、口説きを批評する少女である。慕う女、寄りそう女ではなく、試す女、批評する女、自立した女を、大衆に向けて差し出した。それまでの慕う女、寄り添う女は、あなたの色に染めてほしいだの、たばこの吸い方であなたの嘘がわかるのだのと、いたって殊勝な、そして三〇代四〇代の大人の女である。一方、阿久悠の試す女、批評する女は、一〇代中ごろの少女である。

ピンク・レディーが「ペッパー警部」でデビューしたのは一九七六年だった。そのころわたしは女性観が変わりはじめた時期だった。ちょうど娘が生まれたころで、わたしは娘に自立した女に育ってもらいたいと切に願っていた。男に庇護されるのではなく、男を庇護するくらいがいいと思っていた。ちょうどそんなときだったから、ピンク・レディーはいいじゃないかと内心おおいに歓迎した。

同時代の詩人をみれば井坂洋子や伊藤比呂美がいる。ふたりはわたしと同世代で、一九七〇年代末、「ペッパー警部」が出たちょっと後くらいに登場した。身体の生理にからませて詩を書く新しいタイプの女性詩人といわれる。伊藤比呂美にはセックスをテーマにした赤裸々な詩がある。タイトルはなんと「きっと便器なんだろう」。佐藤春夫や島崎藤村がやってのけた、告白またはカミングアウトの詩である。「きっと便器なんだろう」はこのうえなく大胆な歌い口で性を語っている。性行為の断片を「あたしせいいっぱいのちからこめて／しめつけててやる」「い、／と出た声が／いたいともきこえ／いいともきこえる／あたしはいつもいたい、なのだ／あなたはいつもいたくする」等々、女性の側から具体的に表現していて、最終連は次のようである。

あたしは便器か
いつから
知りたくは、なかったんだが
疑ってしまった口に出して
聞いてしまったあきらかにして
しまわなければならなくなった

この時期のウーマンリブの文学で第一に指を屈するべきは、やはりなんといっても田中美津の『いのちの女たちへ　とり乱しウーマン・リブ論』だと思う。田中美津は大胆に自分の生い立ちをあばいて、男性支配に対する抗議の声を上げた。子どものころ男にいたずらされて性病をうつされたことなどがなまなましく書かれている。エッセイにおける田中美津と詩における井坂洋子や伊藤比呂美はおなじようにカミングアウトの人だった。ひとことだけよけいなことを言い添えておくと、わたしの親しい女性は、おなじことを主張するのなら田中美津のほうがわかりやすい、詩は訴える力が弱いと、いっていたものだった。

流行歌の作詞家とウーマンリブの詩人のどこがおなじなのかと、詩を愛好する人からも詩に全然関心がない人からも文句をいわれそうだが、先鋭なイデオロギーを内包する詩と、大衆が口ずさむ詞と、その両方がそれぞれまるで無関係にうごきながら、結果として女性の社会進出と男女平等をすすめる社会的合意の基盤をこしらえていく。文化変容とはそういうものだ。これが社会学でいう「構築」である。八〇年代の女性詩と阿久悠の歌詞とのあいだには、ひとつのものごとを反対側から背中合わせにささえて盛り上げているような、お互いに響き合うものがたしかにあった。

5. 詩人の存在感

井坂洋子や伊藤比呂美が注目を浴びる理由はよくわかる。戦後詩らしい韜晦《とうかい》の技巧をこらしていながら、しかもわかりやすいのだ。どういうわかりやすさかというと、島崎藤村や萩原朔太郎に感じる、よく大胆にもこんなことが書けるなあと驚く、その驚きをうながす。そういうわかりやすさである。伊藤比呂美は、男と抱き合うとき、自分がどう感じるのかという閨房の体験を赤裸々にさらけだし、そうしてそれを原点にして、セックスや家庭や職場や社会で女性がいだく感情を巧みに伝える。大きなものに猫をかぶらされているような、ちょっと、またはとても窮屈な気分を、うまく表現する。カミングアウトの効果である。

カミングアウト（告白）は近代文学のもっとも強力な武器である。田山花袋の『蒲団』。花袋は内弟子にとった女性に対して性的関心を抱いていたことを告白した。島崎藤村の『新生』。藤村は姪と関係していることを告白した。佐藤春夫の『田園の憂鬱』（神経症の経験）。三島由紀夫の『仮面の告白』（同性愛）。いずれも世間の指弾を浴びかねないことがらだった。だから恥や罪の意識をどう処理するかが、彼らには大きな問題だっただろう。

詩人のカミングアウトは直接的である。詩はフィクションであろうが事実であろうが、この詩人はこういうことを考えているのだということがあからさまに伝わってしまう。この点は歌詞との決定的な違いである。そして叙事詩と抒情詩の違いもここにある。抒情詩を書く詩人は自分を人目にさらしているのである。批評家はそのことに直接触れるのを避け、詩法や技巧の問題として、つまりたとえば想像力の奔放さをほめるといったかたちで批評する。それなので特定の詩をとりあげてカミングアウトとして論じられることは少ない。

芸術派の詩人が文学的技巧をこらして詩作するときには、カミングアウトの問題など存在しない。石川啄木や千家元麿のパーソナリティに興味を持っても、三好達治や森鷗外や井上通泰の人となりに興味がわかないのはそのためである。そもそも昔から詩は理性の産物だった。漢詩の伝統のもとでは、カミングアウトなど想像もできなかったし、新体詩を提唱した三人の学者にとっても、詩は理知的に操作すべき表現形式であって、もちろん自己告白などではなかった。長い間、詩人たちは、まるで学問でもするつもりで詩を書いてきたのである。

その点、伊藤比呂美はまことに稀有な存在である。ただし伊藤比呂美のカミングアウトは、かつての平塚らいてうが年下の画家、奥村博史と事実婚に踏み切ることを『青鞜』で公表したときのように、自分が責めを負う告白ではない。社会的偏見に挑戦するための告白なのである。伊藤比呂美のカミングアウトの背後にはジェンダーの告発という正義がある。告白はすなわち告発なのである。

告発は詩人のもっとも重要な役割のひとつである。告発というと意味が狭くなりすぎるからアドボカシーといおう。アドボカシーとは社会公共のために主義主張を訴えることである。NPO団体が動物愛護や環境保護や核兵器廃絶を訴えることなどをアドボカシーという。昔からアドボカシーは詩人のもっとも重要な役目だった。頼山陽や梁川星巌など幕末の詩人たちを思い浮かべてみればいい。ジョン・ミルトンは、言論の自由を主張した一七世紀イギリスの思想家として知られているが、彼は『失楽園』を書いた詩人でもあった。韓国ではいまも詩人はオピニオンリーダーである。詩人はキャンドル革命の先頭に立った。こういう例は枚挙にいとまがない。

とはいえ詩人の性格と人生は非常に多様である。三木露風や三好達治のように、ことばを選び技巧をこらして書いた人もいるし、福田正夫のように社会正義の主張をつたえるために平易な長編叙事詩を書いた人もいる。この両者の対比なら芸術派と民衆詩派という区分で用は足りるが、少しでも視野を広くすればたちまち詩人たちのとてつもない多様性が浮かび上がる。

佐藤惣之助は詩集を一冊出すごとに異なる詩風をみせた詩人だ。東海林太郎が歌った「赤城の子守唄」はじめ作詞もした。「人生の並木道」など古賀政男と組んだ曲が多い。太平洋戦争中には戦争賛美の詩もたくさんつくった。詩人であり作詞家であるが、パーソナリティには興味を持てない。つまりこの人の告白など聞きたくないと思う。

石川啄木はすさまじい自意識の人だった。伝記を読むかぎり、身近にいたらつきあいにくかっただろうなあと思う。他方で、啄木の「時代閉塞の現状」は死の直前に書かれ生前発表されなかった評論だが、政治社会の状況や家族関係などにふれていて、詩人の直覚の鋭さをつくづく思い知らされる。

まど・みちおには驚かされることばかりだ。自分だったら絶対に書こうと思わないことが書いてあって、当たり前と思っていたことにしみじみとした感動を誘われる。たとえば何でもないことを何でもなく書きたいが、書いてみるとどうしても何でもあるように書いてしまう、という意味の書き出しの短い詩がある。なるほどそのとおりだなと思って次の行を読むとぐうの音も出なくなる。「かく　オレが／なんでもないとは　かんけいない／なんにもない　にんげんだからだ」。

詩人が詩人である所以は、その存在感にある。歌を聴いているとき、人びとの心は自分自身に向かっている。しかし詩を読んでいるとき、人びとは詩人の叫びに耳を傾けさせられているのである。

第八章　戦後詩の難解さ

1. 戦後詩の難解さ

日本の詩史をながめると、戦後詩はきわだって異質である。まずとにかく難解である。それも独特な難解さである。難解といえばシュルレアリスムやダダやモダニズムが思い浮かぶし、たしかに戦後詩はそれに大きな影響を受けているのだろうが、フランスのシュルレアリスムの詩人アンドレ・ブルトンがとなえた自動書記《オートマティスム》などとは難解さの質がちがうのである。北園克衛はモダニスト詩人の代表格だが、その詩は絵画的である。読んでいると目の前にはっきりした画像が浮かんでくる。安東次男の詩も読む者の視覚に訴える。シュルレアリスムの絵のような世界に誘い込む。西脇順三郎の詩は複雑な物語を呼び覚ます。あまり複雑でどんな物語か、わたしはちゃんと整理できたためしがないのだが、とにかく生物や物質や風景のうごきがある。

戦後詩の難解さはそれとはちがう。戦後詩を引っ張った『荒地』は一九四七年に鮎川信夫や田村隆一によってはじまった。鮎川信夫はエラリー・クイーンやコナン・ドイルなどの推理小説の翻訳でも名高い文学者であり、戦後詩の展開のなかで重要な役割を担った詩人である。鮎川の代表作のひとつといわれる「繋船ホテルの朝の歌」は四連からなる長い抒情詩である。その第一連は次のようにはじまる。

ひどく降りはじめた雨のなかを
おまえはただ遠くへ行こうとしていた
死のガードをもとめて
悲しみの街から遠ざかろうとしていた
おまえの濡れた肩を抱きしめたとき
なまぐさい夜風の街が
おれには港のように思えたのだ

（後略）

結局よくわからないのだが、この詩をわたしなりに解き明かしてみると、第一連は風雨の夜に女と街を歩いていた。女は遠くへ行きたがっていた。自分は夜の街が港のように感じた。それで遠くへ行く船に乗るつもりでホテルに入った。そのホテルは港に繫がれた船のような存在だった、というほどの意味だろうか。続いて第二連は、一夜明けた、結局自分たちはどこへも行かなかった、ふたりの夢と希望は封じ込められ、眠り足りないような、心と体が引き裂かれたような、憂鬱な気分にとらわれている、というふうに読み取れる。第三連では、どこにも行けなかったし、夢も希望もふさがれてしまったことの責任は、自分にあるのか女にあるのかと問いながら、しらけた気分で朝食の食卓に向かう。そして卵にフォークを突き立てる。第三連の最後の三行。

おれは憎悪のフォークを突き刺し
ブルジョア的な姦通事件の
あぶらぎった一皿を平らげたような顔をする

この三行はわからない。いっしょに一夜をすごした相手は人妻ではあるまい。人妻を寝取った男がことの翌朝になにかを憎悪するというのもわからない。料理をたいらげて満腹になった表情をするというのは、もっとわけがわからない。もちろんわたしなりの解釈はある。この三行には、とどのつまり自分たちも、我欲丸出しのプチブルの仲間なのだろうかという自嘲の響きがある。

最後の第四連で自分は、ホテルの窓から顔を出して街を眺めている。「イデオロギストの顰め面を窓からつきだしてみる」。すると街はどうみえるかというと、「街は死んでいる」。以下、末尾の五行となる。

街は死んでいる
さわやかな朝の風が
頸輪ずれしたおれの咽喉につめたい剃刀をあてる
おれには掘割のそばに立っている人影が
胸をえぐられ
永遠に吠えることのない狼に見えてくる

「繋船ホテルの朝の歌」はどんな詩なのだろうか。上っ面をながめると、街の景色がえがかれ、その中で人物（「おれ」と「おまえ」）がうごいていく。風景の中で人の心がうごく。

これはまさしく漢詩や新体詩の時代からつづく、抒情詩の伝統的な常套手段である。しかし詩からつたわってくるのは、特定の風景の中で感興をもよおし、悲しんだり喜んだりしている自分（作者）ではない。そのような自分（作者）だったら、ある情景で悲しみの詩を書き、別の情景で喜びの詩を書くだろう。

「繋船ホテルの朝の歌」がつたえてくるのは、特定の風景というより、風景に凝縮されている時代そのものの深くて濃淡にとむ大きな容貌である。それを詩で、ひとつかみにとらえようとしている。つまり次のようなことだ。自分がその中におかれている時代というものがある。戦乱の世とか、ポスト冷戦時代とか、それはその人が生きた時代によってそれぞれだが、この場合は戦後である。つまり戦後という時代がある。その全体をつかもうとすれば、戦後資本主義論とか、現代社会論とか、疎外と革命といったタイトルの分厚い著書が必要になるだろう。時代は時間的にも空間的にも思想的にも経済的にも、深みと色彩と厚みをもっているから、その構造を理論的に解明するのは至難である。ただし詩人は時代に対して直覚的抒情的に迫ろうとする。そういう姿勢で時代をみたらどうみえるか。「繋船ホテルの朝の歌」はそのみえ方を表現しようという性質の詩である。自分たちが生きる戦後という時代は、永遠に出航することのない船のようなものではないか。人びとはその中でいろいろな夢や希望を結ぶが、一夜明けてみたら、みんな幻になるのだ。「おれ」

は首輪につながれていて、人びとは「永遠に吠えることのない狼」になっている。時代がそれを強いている。

「繋船ホテルの朝の歌」だけではない。田村隆一にも中桐雅夫にも宗左近にも、戦後詩にはいま述べたような傾向が顕著である。自分を押し包み、何重にも包み込み、がんじがらめにしている、大きくて深い時代の相をえがくために、さまざまな断片をコラージュのように寄せ集めるので、いきおいことばは難解になる。難解になるのだが、時代の名状しがたい相がぼんやりと像を結ぶのである。

2. 吉本隆明と谷川雁への疑問

このように戦後詩は難解な抒情詩が主流になるのだが、政治詩ともなると恥ずかしいくらい難解な思想的抒情詩の色彩が濃くなる。吉本隆明や谷川雁はその代表格である。比較的わかりやすいのは関根弘であろうか。難解な政治詩にどんな力があるというのだろうか、とわたしなどは考えてしまうのだが。

こんなことをいうのには自己批判もふくまれている。告白すると、わたしは一九七八年四月に中央大学助手に採用されたのだが、学生時代から助手時代にかけて、吉本隆明や谷川雁に惹かれていた。詩に惹かれたというより評論に惹かれて、その延長で憧れに似た気持ちで詩を読んだものである。吉本隆明の『芸術的抵抗と挫折』におさめられた「マチウ書試論」は衝撃だった。『共同幻想論』にはうちのめされた。どうしてこういう発想が出てくるのかと、それを探りたくて初期詩編を読んだ。

吉本隆明の詩は難解である。調べてみると一九五二年『固有時との対話』が書かれ、翌年『転位のための十篇』が私家版で出された。一九五八年に書肆ユリイカから『吉本隆明詩集』が出る。この約六年間は吉本がさかんに詩作をした時期といっていいと思うが、この時期の詩はほとんどすべて難解であるうえに暗い。無慮数千万の人たちの悲惨を悼むような、深いこころの傷をうかがわせる調子である。しかもその数千万人の中で吉本自身はたった一人孤立しているかのようである。『転位のための十篇』から「その秋のために」の一部を抜き書きしてみると、「そうしてぼくはいたるところで拒絶されたとおなじだ／破局のまへの苦しさがどんなにぼくたちを結びつけたとしても／ぼくたちの離散はおほく利害に依存している」。蹉跌、不服従、自殺しそこない。屈辱を闘争のエネルギーにしているかのような、暗い情念が刻印されている。わたしは吉本の詩を読み、評論とくらべてみて、詩を書く人は強靱な思索力をもつのだなと思った。つまり詩には感心しなかった。ことわっておくがわたしにとっての吉本は、まず思想書があって、そしてそういう思想家が詩を書くのだという順番である。

谷川雁もおもしろかった。『工作者宣言』を読んだのは一九七〇年代中ごろだったと思う。工作者とは、知識人に対しては大衆であり、大衆に対しては知識人であるという二つの顔を持つ存在である。『工作者宣言』はそれ自体が詩のような文章で、あやうく行動にたちあがりたくなるような気分にさせられた。やはり『工作者宣言』のあとで詩をさがして読んだ。ところが谷川雁の詩もものすごく難解だった。人びとを行動に駆り立てるより、腰を落としてパズルでも解くような気分にさせる。わたしはたいへん意外だったし、がっかりした。それは吉本の詩を読んだときとおなじだった。

ためしに初期に書かれた「帰館」をみてみよう。「帰館」は「おれの作った臭い旋律のまま待っていた／南の辺塞よ／しずくを垂れている癩の都から／今夜おれは帰ってきた」の四行ではじまる。末尾は「それから、党と呼んでみる／村の娘を呼ぶように／形容詞もなく静かにためらって」という三行で結ばれている。最初の四行はなんのことかさっぱりわからない。臭い旋律？　癩の都？　なにを意味しているのか。

この詩でわかりやすいのは最後の三行だけである。谷川雁は一九四七年に日本共産党に入党して、一九六〇年安保闘争のときに離党した。この詩は入党したころにつくられたものと想像されるが、党との関係を、村の娘との関係と同じような性質のものとしてとらえようという決意が表現されている。それは、民主主義的中央集権制とか鉄の規律とかといった窮屈な団結でもなければ、自分が党にすべてを捧げる（プチブル性の清算）のでもなく、党と党員がそして党員同士が、お互いに自発的に尽くし合うような関係だろう。独立した強い個性をうかがわせる。

だがそれは、到底、読者に対する呼びかけのことばではない。自分の内面の思考と感情を告白することばである。ようするに自分に語りかけているわけであり、自分に決断をうながしているのである。その証拠に、なにをどうするのが正しいのか、どんな理想をめざすのか、肝心なことはなにひとつ書かれていない。表現されているのは、いま現在自分が置かれている社会が恐ろしく腐敗した社会だという結果論だけである。なぜなのか、そこからどこへ行くべきなのか、それは説明されていない。わたしは谷川雁にとって共産党に入党すること自体が、非常な勇気のいることだったのだろうなと、しらけた気持ちで想像した。

戦後詩は難解だというのは自己批判を含めてのことだと書いたが、自己批判とはどういう意味かというと、そういう難解な戦後詩に、おもしろくもなく意味もわからぬまま憧れていたという意味である。いま思うと、その気持ちは、敗者の心情に共感する敗者の気持ちに似ていた。あるいは少数者の悲哀に共感する少数者の感情に似ていた。在日日本人というこ とばがあるが、在日日本人ということばはそういう人たちの心理をうまく言い当てているとと思う。吉本隆明や谷川雁の詩は大勢の読者を獲得し、その人たちの共感を勝ち取ろうとするような詩ではない。そんなことは最初から断念していて、わかるものにだけわかってもらえればいいといわんばかりの詩なのである。そういえば谷川雁には「連帯を求めて孤立を恐れず」ということばがあった。

戦後の思想詩の多くは同志にだけ読まれることを期待しているような内容で、運動の正当性を大勢の読者に対して主張したり、理想や目標を大勢の人びとに対して示したり、運動に参加するよう誘いかけたりすることばはあまり見ない。谷川雁はサークル村運動をおこしたが、まさしくサークル村の住民にむけて書かれたような詩が多いのである。そこで勢いのおもむくところ、一部の思想的前衛が難解きわまりない詩を書き、少数の人びとだけがそれに感動して、そして政治行動がおこる。

少数の人びとのたたかいだから、苦しいたたかいである。そしてなかば必然的にやぶれる。たたかいにやぶれると、どうなるか。

戦後詩を考えていてどうしても思い出すのが西田佐知子が歌った「アカシアの雨がやむとき」である。「アカシアの雨がやむとき」がリリースされたのは一九六〇年のことだった。この曲は大ヒットし、数年にわたるロングセラーになった。たぶん中学生になる前後だったと思うが、この歌はよく耳にしたし、自分でも意味もわからないまま、よく口ずさんだものである。当時は子どもだったから知るよしもなかったが、「アカシアの雨がやむとき」が発表されたのはちょうど六〇年安保闘争のころだった。安保が終わって、虚脱感や挫折感が安保反対闘争をたたかった人びとを襲った。この歌の歌詞はその虚脱感と挫折感に共鳴したのだといわれる。たたかいのさなかに歌われるのではなく、たたかいが終わって歌が歌われる。しかも抒情的な歌がうたわれる。センチメンタルな流行歌が、たたかいにやぶれた人びとの傷を癒やす。「アカシアの雨にうたれて／このまま死んでしまいたい」と。そのことに日本における詩の位置と詞の位置の違いがくっきりと象徴されていると、わたしはいつも思うのである。傷を癒やしてくれたのは、だれだったのかといいたくなる。

3. 日本近代詩の中の政治詩

さて視点を変えよう。なぜ戦後詩は難解なのか。それは叙事詩が発達しなかったこととおおいに関係があると思われる。以下は日本の近現代詩史を読み解くための、わたしなりの補助線である。

近代になって叙事詩が発達しなかった最大の理由は日本の政治にあると思われる。人びとに理想を語り、政治社会の変革をうったえる試みが、幕末維新期から明治の自由民権運動、そして昭和戦前の無産運動、さらに戦後の左翼運動から六〇年代末の学生運動まで、幕末維新期を除いてくり返しくり返し挫折してきたからである。挫折というのは言い過ぎだということはわかっている。文化や思想は人間存在を社会全体から把握する地点にたってこそ豊かに花咲き実を結ぶものだ。自由民権運動や大正期から昭和初期にかけての無産運動や戦後民主主義運動は、近代日本の文化や思想をリードしてきた。それらの運動がなかったら、日本の文化はどんなに矮小《わいしょう》なものになっていたかと思う。しかしこれらの運動は、少なくとも権力をとることはできなかったし、多数派の支持を獲得することもできなかった。そのため、すでに戦前のプロレタリア詩においてその傾向があったように、抒情的な傾向がひじょうに顕著になった。戦後の思想詩は見るも無惨といいたいくらいに抒情的である。

大勢の人に訴えかけるならば、それこそ浪花節や民衆詩のような単純明快かつ素朴な表現形式が必要になる。娯楽の要素も必要である。大勢といっても一〇万人や一〇〇万人などではない。もう一桁上の単位である。日本国民全体の過半数というほどの意味である。知識人と一部の労働者農民だけではない。都市や農村の民衆までをもうごかす。そのためには、叙事詩的な内容でなければならない。近松門左衛門は『国性爺合戦』のなかで、日本の神仏の加護により猛虎を屈服させるなどなど、日本というシンボルをくり返しくり返し登場させ、竹本座にやってきた大坂町人の素朴な民族的自負心をくすぐり、おおいに沸かせたが、ナショナリズムはともかくとして、大勢の人びとをうごかすには、それにふさわしい形式と内容が必要である。娯楽の要素はふんだんになければならないだろう。

しかし戦後詩はものの見事に正反対の方向に走った。ものすごく難解で、一握りの人にしか理解されず、なかでも政治詩は自分たちの理想を平明に説くことを放棄し、そして抒情に走った。とはいえわたしはそのことを一概に攻撃ばかりする気にはなれない。それが戦後文化の重要な部分を形成したことは事実だからである。わたし自身そういう文化の中で大人になった。

わたしは詩の歴史の上で、自由民権運動と一九二〇年前後の大正デモクラシー期を大いに評価したい。自由民権運動では詩がはじめて大勢の人に向けて書かれたのだし、一九二〇年前後の詩は非常に多様な広がりをみせたからである。一方幕末志士の漢詩とプロレタリア詩はよく似た性格をおびている。つまり自分を奮い立たせたり同志とこころざしを共有したりする性格を色濃くしているのである。中野重治の詩の一節、「お前は赤ままの花やとんぼの羽根を歌うな」は象徴的である。これは自分自身を必死で説得する詩であり、革命思想をひろく語りかける詩ではない。尊王攘夷の漢詩とプロレタリア詩に共通するのは、かれらの詩的共同体の基礎条件があったことである。それはなにかというと、尊王攘夷の思想を共有していることであり、マルクス主義の理論を共有していることであった。『資本論』が読める素養と、漢文が読める素養であった。そういうことが前提とされていたのである。

4. 詩と政治

政治に詩的な要素は不可欠である。

非常に長い時間幅でいえば、詩は民族共同の意識をつくる。『イリアス』や『マハーバーラタ』や『ニーベルンゲンの歌』のような英雄叙事詩がどのようにつくられどのように受容されたかを思い浮かべればよいだろう。江戸時代には『太平記』はじめ多くの軍記物が普及した。そうして義太夫の語りにのせて人形浄瑠璃や歌舞伎の演目が民族の歴史的事実の共同記憶を形成した。軍記物はともかくとしても、義太夫は劇詩であり、まさしく叙事詩であった。

詩は行動に向けて人びとを駆り立てる。強権政治に立ち向かおうとしたら、長々しい大論文は無益有害である。冗長な論文には大勢の人びとを行動に駆り立てる力がないからである。一七七六年に書かれたトマス・ペインの『コモンセンス』はパンフレットである。詩のかたちをとるとらずにかかわらず、詩的なものは政治をうごかす究極の力である。一七七五年三月にはパトリック・ヘンリーが独立を訴えるバージニア植民地議会での演説を「われに自由を与えよ。さもなければ死を」という名文句でしめくくった。明治になると、パトリック・ヘンリーのことばは自由民権運動のなかでくり返し引用された。パトリック・ヘンリー自身はうさんくささがつきまとう人物だったが、彼のことばは明治の人びとを近代政治に導く大きな効果をもった。

詩は人びとを結びつける。二〇〇八年、オバマ大統領は勝利演説の中で何度も「Yes We can」と語った。人びとはそのことばの響きに酔いしれ、政権の基盤はいっそう堅くなった。政治において詩的なイメージが持つ力の大きさをまざまざと示した場面だった。

政治と詩的なものは切っても切れないほど深い関係がある。第一章の幕末の詩人たちでみたとおりである。ヨーロッパでは詩人はしばしば政治思想家であった。一九世紀ロマン派の詩人たちをみても、フランスのヴィクトル・ユーゴーは詩人としてより小説家としてのほうが有名だが、ユーゴーは政治家でもあった。イギリスのバイロン卿はギリシア独立戦争の戦線に身を投じた。ドイツのシュレーゲルは政治思想家でもあった。一七世紀に遡るが、ジョン・ミルトンは『アレオパギティカ』を書いて言論の自由を主張した。そのミルトンの『失楽園』は膨大な長編詩である。

わが国の政治家にも詩的な名言はいくつかある。ことわっておくがわたしは政治家がつくる短歌や俳句のことをいっているのではない。ぎりぎりの間合いで発される叫びのようなことばをいうのである。たとえば板垣退助の「板垣死すとも自由は死せず」。実際に発せられたことばは少しちがうのだが、このことばは長く日本の憲政史にとどめておくべきだろう。斎藤隆夫の一九四〇年の反軍演説も憲政史に残る大演説であったが、わたしはそれによって議会から除名されたときに斎藤が書いた祈りとも叫びともみえる七言絶句にも惹かれる。

吾が言は即ち是れ万人の声
褒貶毀誉は世評に委す
請う百年青史の上を看ることを

正邪曲直自ずから分明

永井柳太郎の「来たり、見たり、敗れたり」。これは総選挙で落選したときの弁である。永井柳太郎には議会で首相を批判した「西にレーニン、東に原敬」ということばもあるが、落選演説の方が気迫がこもっている。

権力闘争だけが政治の本質でないことはいうまでもない。政治は夢や理想を根底に踏まえている。日常のたいくつな行動や、煩わしい行動や規則も、夢や理想がともなうと意味を与えられて輝きはじめる。それればかりではない。どんな残虐な行為でも夢や理想を付与された途端に崇高な輝きをおびる。理想を思い描くこと。理想に向けて人びとの関心を喚起すること。そのことにおいて詩的な訴求力を持つことばが選ばれるのは、人間の自然の性向である。そして実をいうと詩には非常に危険な性質もあるのだ。

高村光太郎は日米戦争が始まったその日から、非常に響きの高い戦争詩を書いた。敗戦後、高村光太郎はそのことに深く恥じ入り、自我形成期にさかのぼって自己をふりかえる二〇編の詩からなる『暗愚小伝』を書いた。『暗愚小伝』がどのような意味での自己批判であるかには毀誉《きよ》褒貶《ほうへん》があるが、それはおいておこう。わたしがここで強調したいのは、高い調子の戦意高揚詩が胸に響いていたら、人びとはそれこそどんな残虐行為に手を汚さないとも限らないということである。そのようなタイプの詩は欧米にも山ほどあるのではなかったか。

政治詩は紙に書かれなくてもいい。音声として発せられてもいい。国民全体に向かって、後世の人びとに向かって発せられる毅然たることば、それが政治詩の本質なのではないだろうか。だからわたしが政治詩の第一にかかげたいのは、板垣退助のことばであり斎藤隆夫の漢詩である。そしてまた、戦後の政治家たちが、だれひとりとして、いつまでもたましいの底に響くことばを残していないのを、残念至極に思うのである。

5. 詩的なものの力がかつてなく大きくなっている現在、詩人とはだれか

結論を急ぎたい。

戦後詩は時代と世界の全体に迫ろうとした、とわたしは思う。しかし年月がたつにつれて、戦後詩は難解さを保持しながら、時代と世界をトータルに把握しようとする姿勢はじょじょに後退していった。そして私的日常詠的な抒情詩が目立つようになっていった。その結果、狭い意味での詩は存在感がうすくなってしまった。そういわざるをえない。

年月の推移とともに戦後詩が時代と世界の全体に迫る意欲を失ったことは、咎めだてするにはあたらない。繁栄とはそういうものだ。経済が発展するときには人びとの努力はそれ相応に報われる。小さな努力にさえちゃんと見返りが見込めるときに、だれがわざわざ全世界の構造を考えようなどとするだろうか。

しかしそれでもなお何かに向き合うことはできる。読む人がはっとして、詩人の声に耳を傾けようとするのは、戦争の時代だろうが激動の時代だろうが、平和な時代だろうが、変わらないはずである。

井坂洋子は詩誌にのった投稿が荒川洋治の目にとまって処女詩集を出すという幸運に恵まれた詩人だ。その詩が「朝礼」。高校生のころに感じたり考えたりしたことがあらわされている。井坂洋子はわたしより二歳年上で東京育ち。わたしは金沢市で育ったのだが、年齢が近いせいか、あのころ同級生の女子はたぶんこんなふうだったのだろうなと、けっこう思い当たるところがある。もちろん全然わからないところもあるが。「朝礼」もそうで、わからないのが最後の数行である。朝礼の後に学校の廊下を歩いている場面だ。すると、

と窓際で迎える柔らかなもの

頬が今もざわめいて
感情がささ波立っている
訳は聞かない
遠くからやってきたのだ

これはどういう意味だろうか、と同年配の女性に聞いたことがある。すると即座に、「生理が来たのではないでしょうか」という返事だった。返事を聞いた途端、わたしは真っ赤になってしまった。

それはともかく、井坂洋子の詩には、わたしのいうことを聞いてほしいという誘いがある。いいかえればカミングアウトである。平塚らいてうや田中美津のような驚天動地のカミングアウトではないが、ささやかな告白でも耳を傾けようとする姿勢が大切なのだと思わせる。「位置の感情」は職場での女性のふるまいを、いや「位置」を表現している。

私のコピーが紺のスーツを着て
よろしくお願いします　と
頭を下げている

二年ほどたてばもっと利口になり
会社がひけてからは
派手に遊ぶようになり
誰よりも手際よく身も軽く動き回り
陰では
人を呼び捨てにするだろう

新入女子社員が殊勝げに先輩である「私」に挨拶している。「私」はそれをみて自分のコピーだと思っているわけである。

井坂洋子はおもしろいし読ませる力をもっているが、それでも私的な日常詠であることは否定しようもない。もちろんそれが悪いわけではない。ただ狭い意味での詩は存在感がうすくなってしまったと痛感してしまうのである。あべこべに詩的なものの影響力はかつてないほど大きくなっている。そのこととの対比を忘れてはならないのである。

6. 詩とデザイン

今日ほど詩的なものがいたるところに氾濫し、人びとの心にたえまなく作用している時代はない。広告コピー、テレビのCM映像、ツイッターやフェイスブックやインスタグラムなどのSNS。わたしたちはいまや通勤電車の中でもスマホの画面をのぞき込み、夢中になって詩的なものの刺激に身をさらしているのだ。ツイッターは短詩にうってつけである。実際に和合亮一のように東日本大震災のときからツイッターで詩を発信しつづけてきた詩人がいる。プラン・ジャパンの広告ポスターは「13歳で結婚。14歳で出産。恋はまだ知らない」と、あなたの支援が途上国の女の子の未来を変えるのですと訴える。それからラップ。考えてみるとラップは叙事詩の格好の容れ物だし、もしかしたら二一世紀の浪花節に化けるかもしれない。わたしたちは詩的なメッセージが氾濫する世界に生きているのである。

さてわたしは詩と詩的なものを、とりあえず区別しておきたい。詩はアートであり、詩的なものはデザインである。アートは芸術家が自分の中にあるものを表現して受け手にメッセージを投げかける。受け手がそれを受容したときに何かが共有される。ではデザインはどうかというと、受け手が自分の中にあるものを呼び出されるのである。アートとデザインは似ているがちがう。そして現代はデザインの力がとてつもなく大きくなった時代である。詩的なものが強大な力をもつようになったのである。

こんなことをいってもピンとこない人が多いかもしれない。実はデザイン学はいま最先端の勢いのある学問分野になっているのである。もともと建築の分野などでおこったのだが、デザイン思考といって、人間の心の中にある性質に合致したものを見つけ出しかたちにする手法をさぐる学問とでもいえばいいのだろうか。たとえば椅子は人間工学にあったデザインが必要だし、スマホの画面も手の動きや目の動きの性質に沿ってデザインしなければならない。

CMなども商品が売れるためには人間の必要に合致したものを人間の心理に合致したかたちで提示しなければならない。コピーライターはそういう修練を積んで一人前になっていく。糸井重里や最近売り出し中の阿部広太郎はことばをあやつる仕事をしている点で詩人とおなじであるが、その存在感は大きい。残念ながら詩が詩的なものに押されて光源を奪われている時代である。

本書の最初に登場した幕末の三詩人は、それぞれ思想家であり、大衆作家であり、ネットワーカーであった。二一世紀のいま、詩人はそのどれでもない。といったらいいすぎだが、理念や行動の人があまり詩を書かなくなったとはいえるだろう。賀川豊彦や内村鑑三のような詩を書く宗教家も、井上哲次郎や外山正一のような詩を書く学者も姿がみえなくなった。思想家であり詩も書くとか、政治家であり詩も書くとか、社会事業家であり詩も書くとか、そういうタイプの人、つまりは水俣病における石牟礼道子のような人がほとんどいなくなったのである。いいかえれば理念や行動をうながす直覚を表現する道具として、詩はかえりみられなくなった。

わたしは政治思想史の研究者という商売柄から、詩と政治の関係に過剰に焦点をあてたかもしれない。わたしの真意は、政治にかかわらず、社会運動でも営利事業でも教育活動でも、社会活動を実践する人たちに詩を書いてほしいということである。そういう人たちが忙しい実践のあいまのひとときに、自分を行動にいざなっている直覚のありどころを表現してほしい。人を行動に駆り立てる情熱こそまさしく詩だからだ。

あとがき

この本は短距離競走を駆け抜けるようにして一気に書きおろした。註をつけずに一冊の本を書きおろすのははじめてである。註のない文章を書くのは本当に気持ちが良いとしみじみ感じている。

一〇年ほど前から詩についていろいろ思うところがあって、機会があったらかたちにしたいと考えてきた。縁あって韓国の詩人を知り、二〇一七年にその詩集を翻訳した。そのとき韓国と日本で詩人の役割がちがうことを痛感した。たとえば韓国では詩は政治批判の重要なつぶてなのである。それで、じぶんがあたためてきたことを発芽させる光が当たったような気がした。

なるほど考えてみれば政権を批判するときに長々とした論文を書いてもあまり効果は望めない。人を行動に駆り立てる短いことばでなければならない。わたしは政治思想史の研究者だが、そういえば幕末の志士たちはおおいに漢詩を書きおおいに漢詩を読んだ。詩人を介して人と人が面会し、詩人を介してネットワークができた。自由民権運動でも、重厚な天賦人権論はもちろん重要だが、天賦人権の論陣を張った中江兆民や植木枝盛は、同時に啓蒙的なパンフレットを書いたり、数え歌をつくったりしたのである。そしてそれに踵《きびす》を接するようにして、壮士劇が生まれ新派劇が誕生した。

さかのぼって一九九〇年のことになるが、わたしは中国の大学で在外研究に従事した。そのとき学生たちの中には北島《ほくとう》や舒亭《じょてい》ら朦朧《もうろう》派の詩を耽読《たんどく》していたものが大勢いた。中国では文化大革命の終焉《しゅうえん》期に朦朧派の詩人たちが登場した。朦朧派は最初は地下出版のかたちではじまったらしいが、そのころにはおおっぴらに読まれるようになっていたようである。

文革期の詩は、日本でいうと明治五年ごろに仮名垣魯文らが国民教化のために書いた七五調の文章に似ている。国民教化にのり出した政府は、神官や僧侶のほかに、歌人俳人や落語家や戯作者や歌舞伎役者らまでも駆り出して尊王愛国の普及をはかったのである。若い学生たちの心をつかんで離さなかった朦朧派の詩は、いうまでもなく、文革期の詩とは比較するのも気がひけるくらいちがう。中国では数年前に余秀華《よしゅうか》という女性詩人が彗星のごとく登場して一大社会現象になっている。一九世紀アメリカの女性詩人になぞらえて中国のエミリー・ディキンソンという人もいる。文革期の詩、朦朧派、そして余秀華、詩は社会変動をその最先端で表現するのだとつくづく思う。

寮美千子さんが編集した『空が青いから白をえらんだのです』は、奈良少年刑務所の受刑少年がつくった詩をあつめた詩集である。わたしの知り合いは涙なしには読めないから電車の中で読んではいけない、などといっていた。それくらい胸に押し寄せてくるものがある。詩には他者に対する認識の更新を迫る圧倒的な力があり、なにかしたいと心を疼かせる力がある。

人間がいとなむ社会現象の中に詩と詩人を置いて、その姿をさまざまの視点から眺めたらどうか。それがこの本の挑戦であるが、さて書き終わってみると、まだまだ不十分に思われてしまうのである。

二〇一八年五月

広岡守穂

著者略歴

広岡守穂（ひろおか・もりほ）

1951年生まれ。中央大学法学部教授。おもな専攻は日本政治思想史。
また男女共同参画、ＮＰＯ、子育てなどの分野で発言している。内閣府男女共同参画会議監視専門委員、佐賀県立男女共同参画センター生涯学習センター・アバンセ館長、ＮＰＯ推進ネット理事長など歴任。

詩集『はじめて』（2010年　私家版）
　　『ひとりとみんな』（2016年　私家版）
評論『男だって子育て』（岩波新書　1990年）ベストメン賞を受賞
　　『「豊かさ」のパラドックス』（講談社現代新書　1986年）
　　『市民社会と自己実現』（有信堂　2013年）他多数
翻訳『文炳蘭詩集　織女へ・一九八〇年五月光州ほか』
　　（風媒社　2017年）金正勲と共訳

詩誌「北国帯」同人

抒情詩《じょじょうし》と叙事詩《じょじし》　幕末から現代まで

発行　二〇一八年六月三十日

著者　広岡守穂
装幀　直井和夫
発行者　高木祐子
発行所　土曜美術社出版販売
〒162-0813　東京都新宿区東五軒町三—一〇
電話　〇三—五二二九—〇七三〇
ＦＡＸ　〇三—五二二九—〇七三二
振替　〇〇一六〇—九—七五六九〇九
印刷・製本　モリモト印刷
ISBN978-4-8120-2438-6　C0095